——"诗歌与人"国际诗歌奖获奖诗人作品选——

天翼诗库
诗歌与人·国际诗歌奖
获奖诗人作品选
黄礼孩 主编

佩尼希胶卷

THE PENIG FILM AND OTHER POEMS

西尔泰什诗集

〔英〕乔治·西尔泰什 ——— 著
连晗生 ——————— 译

山西出版传媒集团

北岳文艺出版社
BEIYUE LITERATURE & ART PUBLISHING HOUSE
·太原·

图书在版编目（CIP）数据

佩尼希胶卷：西尔泰什诗集／（英）乔治·西尔泰什著；连晗生译. — 太原：北岳文艺出版社，2020.5
（天星诗库／黄礼孩主编."诗歌与人"国际诗歌奖获奖诗人作品选）
ISBN 978-7-5378-6133-5

Ⅰ.①佩… Ⅱ.①乔… ②连… Ⅲ.①诗集－英国－现代 Ⅳ.①I561.25

中国版本图书馆CIP数据核字(2020)第019453号

著作权合同登记号：图字04-2020-003

Copyright©George Szirtes 2009. First published in the UK in 2009 by Bloodaxe Books Ltd. Chinese translation © 2019 Beiyue Literature & Art Publishing House, China

书名：佩尼希胶卷：西尔泰什诗集	策　　划：续小强
	责任编辑：庞咏平
著者：〔英〕乔治·西尔泰什	装帧设计：礼孩书衣坊
译者：连晗生	印装监制：郭　勇

出版发行：山西出版传媒集团·北岳文艺出版社
地址：山西省太原市并州南路57号　邮编：030012
电话：0351-5628696（发行部）　0351-5628688（总编室）　传真：0351-5628680
网址：http：//www.bywy.com　E-mail：bywycbs@163.com
经销商：新华书店　承印者：山西新华印业有限公司
开本：787mm×1092mm　1/32　字数：143千字
印张：7.5　版次：2020年5月第1版　印次：2020年5月太原第1次印刷
书号：ISBN 978-7-5378-6133-5
定价：39.80元

本书版权为本社独家所有，未经本社同意不得转载、摘编或复制

他怀着秘密的颠覆性的快乐

黄礼孩

记忆中的诗人西尔泰什先生,他的个性清晰可辨。他有着英国式的绅士风度,举止自若,自有千山万水的优雅。那年在中山大学一百年小礼堂的颁奖典礼上,我们的导演为他安排了一盏灯、一张椅子,他坐在那里,就着光来朗读他的诗歌,他的嗓音里有着一丝不苟的闪耀,很像他在《燃烧之书》中提到的"因为词有角,有割伤你的/利边:辅音、齿擦音、喉音",他在朗读中把多种节奏带给了我们。诗歌的尘埃经过诗人,在暗淡的光里悬浮,我想起童年有那么一束光从屋檐直射过来,精神的颗粒似乎在光束里弥漫、升腾,从来没有停止过。"任何声音都有危险",声音里有自白,有主观的风景,有遗忘的记忆,有相互的挤压,更有改变方向的行走。"声音悬在那处/像待洗的衣服,留在一道电网上",在《佩尼希胶卷》中,诗人用声音代替了那个被遗弃的人,那个因为逃离而被挂在电网上的人,"似乎它是一个即将退出身体的/声音,一个总寻找着出口的声音"。而那些行将消失的声音,或者寻找新生的声音,在西尔泰什的内心却是对世界的辨别之声。他是一个懂得聆听的人,能捕捉到其中的宏大与细微,这一切都是因为他有着一颗伟大的心灵。"我是一个宇宙模型,没有黑洞/没有流氓星。我的太阳/没有风暴,我的海洋在转化为歌,/居于你富于教养的耳朵——宛若天籁。"在更多声音抵达他的耳朵之前,他的语言交织着生命,用心灵唤醒了来自四面八方的声音,像一只鸟儿,无论落在哪里,都开始自己的鸣唱,哪怕只是唱给自己听。"声音模式确实是一种有用的记忆术,但它也是一种神秘的/可能有效的咒语,用来触碰宇宙的神秘杠杆",由此,诗人在诗歌中呈现出一些难以企及却深触心灵的声音意象,一个个不同的声音,一个个再造的诗意现实。

　　诗歌来无踪,去无影,说不准哪个愤怒或愉悦或神秘的瞬间,就突然降到某个人的身上。"从前,这故事被讲述,关于/时间前的一个年代",我愿意把这个从前的故事链接上西尔泰什的十七岁。那年,没有缘由,西尔泰什突然开始写诗,这也许是历史的某个瞬间改变了他的命运。1956年10月发生的匈牙利事件造成两千七百人死亡,西尔泰什和他的家人在恶劣的环境下突然成了难民。那年12月,他与弟弟,还有父母一家四人抵达英国。"我必须留在/我的童年一会儿",少年时代的那段岁月是如此刻骨铭心,以至于诗人说:"这故事被讲述,关于/时间前的一个年代,我们可栖空间的/一个松动之点,当成人世界翻滚/经过我们,一个故事,在其中那/绝望的种族内化于脉搏的/击鼓声,永远安居于脸孔之后"。在一个全然陌生的环境里,对于此时的诗人而言,是一个创伤性的适应。诗歌之于一个正在求学中的难民,不是牛奶和面包,当然也不会有人希望他致力于诗歌;但诗歌像闪电一般击中了他,俘获了他。他说他确切地记得他站的地方,感到诗歌像在母亲子宫的搏动或在童年的摇摆中,语言的蝴蝶之吻,停在他的嘴唇上,他必须去说出些什么。"我开始爱上了诗歌,在我本应做物理作业时读诗。我感受到了快乐原则的力量,它的秘密和颠覆性,它的行为方式,就像'傻瓜'一样,既是意义的腐蚀者又是意义的确认者"。对于诗歌,西尔泰什生命中的第一次有这样美好的体验,那是无与伦比的。他立即买来诗集与笔记本,开始阅读之后的写作。今天看来,西尔泰什是一个被诗神拣选的人,尽管他以最原初的方式开始写作。这样一个握着通向神秘之门钥匙的人,他欣然于此,想把灵魂表达得与众不同。他开启了历史之门,清理历史废墟角落的尘埃,把那些被忽略的瞬间拣选出来,提供了思索的背景,那些难以解释的、难以承受的事物,他都以自己期待的视角来呈现。

西尔泰什进入中国读者视野时间也就是这几年间的事情,之前我们对诗人的创作人生还是所知甚少,不知道他在多少岁就写出了有世界影响力的作品。从他创作五十年的时间历程来看,他已经跻身于这个诗歌写作时代,成为一位异常重要的诗人。时代是善变的,但伟大的时代总是寻找着自己的诗人,有社会担当的诗人总会在他的时代出没,并闪烁着高贵的身影。在长诗《北方的空气——一个匈牙利人的新地岛》中,诗人喊出了振聋发聩的声音"必须有一个为着一切的时代"。这样的时代也许不存在,但某个瞬间会存在于他的诗歌里。诗歌的时间在它的历史之内,西尔泰什是这样一位主动质询与反思的人,一如他借美国爵士乐小号手查特-贝克来荡开一个时代的音符,"毕竟只是重力,一个/小号声,其回音在落下时/渐渐消逝。但,上帝,始终/就如此临降于地//并散落成破碎的乐句/正当那气清雾升之时"。西尔泰什用语言思考自己的时代,他又把不同的时代背在自己的身上,他写《铅白》就有凡高灵魂附体的状态,"我叫文森特。让我/自我介绍。我是你将学会发音的那个名字。/我有一个使命。我将立起自己的十字架/并悬挂在上面。这是我应得的,我的苦行",他对一场噩梦进行了转换,他在自己的身上克服这个时代,他是时间十字架上的玫瑰,成为精神原野里的百合与天空中的飞鸟。

西尔泰什的诗歌庞杂,充满强烈的跳跃意识和实验性,不容易一下子就把握好他的要义。但如果从局部进入,你就能感受到他诗歌的书写方式和要表达的观念。《燃烧之书》这首长诗,是一个时代的长卷,波澜壮阔,却又"细微"流淌,诗人写出了一个反影中的反影,阴谋中的阴谋,一种燃烧中的燃烧。此诗的第二节《在高大有角的字母中》,诗人写出了一层灰尘中的灰尘,打开了一本灰尘之书,在节奏的弥漫里生出不朽的音调,和弦与和声都敞开了。"哪里书籍汇集,哪里就有灰尘",这是一种来自现实生活的反思;"灰尘的街道上灰尘的市民们",这不过是"尘螨";"死者本身,是牢狱的灰尘",这是对死亡的另一种理解,死亡是被囚禁的灰烬。所以诗人说"观念是灰尘。词语是灰尘,/宇宙的灰尘在行星间",命运的灰尘随时席卷一切。"活着就是疑犯",我们都是命运的人质,西尔泰什如此深刻地写出那个年代的特质。

　　一个有风格的作家总是在寻找属于自己的叙述方式。在英国与匈牙利之间,西尔泰什抓住了稍纵即逝的时代情绪,写出了不同时间状态里人类的情绪。每一个时代,都会弥漫着恐惧与无畏、绝望与希望、喜悦与辛酸,西尔泰什将历史看作自己不在场的证明,只是没有绕开自己,他在父母的来路上感受,在同时代人身上游荡,同时作为他者在普通人的经历里观望,对二战这个并非遥远之物的连续发现,对新近发生在身上事物的体悟,就像泰晤士河涌动着无尽的记忆。事物潜在的文化特殊性,总充满被挖掘被纠正的渴望。西尔泰什的诗歌在其思想的体内展开,一层层被剥开,像煤一样被点燃,带来新的照亮,如此突出地成为一种心灵的拯救之路。西尔泰什被誉为语言高超的滑冰者,现在看来他也是冲浪者,更是自己诗歌的船长。

　　"神恩存在,恩典或许/居于创造物的某处:无偿,免费",诗歌是西尔泰什的祈祷文,也是他的告诫书。他有着贵族式的文雅表达,但喋喋不休也是他的诗生活。他的诗歌一般都写得比较长,像一个深情、闪烁、丰饶的梦。由于西尔泰什提供了广阔的社会背景，写作充满无限分延的视角，阅读他的诗歌，没有一定的历史知识和社会文化见识，易于误入歧途，或者难得要领，不过迷失于他语言构成的意象里，也是一种享受，因为诗人的词语比他的故事重要。对西尔泰什诗歌的阅读与理解，必然带着某种误读，但误读也是诗歌的一部分。忠实于自己的经验与感受力，而不去猜想作者背后在想什么，也是诗歌阅读的方式之一吧。

我们追随的诗性开启，较之我们抵达的思想终点，也许中间展开的更为新鲜。作为一名匈牙利裔英国诗人，西尔泰什给两个国家的诗歌带来了荣誉。但在匈牙利和英国之外，诗歌才是他真正的应许之地。身为艺术家的西尔泰什向抽象艺术的方向敞开他的探寻，就像他引用塞缪尔-巴特勒的话"像词凝结在北方的空气"，北方对他的吸引力，是因为"欧洲是我们的/家园，但正是一个地方意念/引领我们往北，往居于内心的/真正的起源地"？我相信是诗人要"去追寻就在那个地方已被说出的东西"，"似乎北方是我们永远/无法抵达的蜃景"。确切地说，他的北方充满现实气息却又超越视野，在视野之外，因为文本具有穿越时间界限的能力。存在的遗忘，在诗人那里成为重新赋予地址以新的记忆，那是崭新的生命之路。

著名批评家墨菲把西尔泰什与奥登、布罗茨基相提并论，足见他的影响力。西尔泰什似乎也在追赶他们写作的余波，这里面表现出他足够的真诚与勇气。2016年，很荣幸，西尔泰什接受了第十二届"诗歌与人-国际诗歌奖"，来到广州接受了我们的致意。在授奖词中，我这样写道：西尔泰什是一个知觉异常灵敏的诗人，他的诗歌诚实、深刻、强烈，回溯着生命无尽的意绪，唤醒命运背后漫长的记忆。从匈牙利到英国，生长地域的改变给他带来写作的契机，他将人生所有的经历进行联结式的精神化书写，有力地维护着心灵的秩序，拓展了文化的想象。四十年来，他出神入化的诗歌写作，抖掉了岁月身上的疼痛和寂灭，展现出生命饱满的成色，闪烁出温暖的光芒。他的诗歌复杂多变，以不同的口吻叙述，仿佛又用多声部在歌唱，意象中的幽暗之弦和光明之线如真实经验与比喻感觉交融，衍生出令人诧异的内在力量。

如今诗人连晗生翻译西尔泰什的《佩尼希胶卷》被列入北岳文艺出版社的"天星诗库"，这之于中国读者是幸福的，尽管大众读者总是落后新诗人文本数年，但终归读到了。我个人比较幸运，较早前读过西尔泰什别的中文译本，现在重读，发现之前写给他的颁奖词已经无法涵盖他的诗歌世界，或者说我之前的解读不是很到位，只是一个层面，转念一想，对于一位伟大的诗人，他的作品就是常读常新。连晗生是一个很有才华的诗人，他的诗歌写得内敛、节制但也散发抒情诗的光芒。连晗生的这个译本是值得信赖的。连晗生与西尔泰什有一个共同点，他们既是诗人,同时也是译者。2016年,在给西尔泰什先生的颁奖典礼上,连晗生与西尔泰什先生有过短暂的会晤。几年后,连晗生翻译西尔泰什的诗集得以在大陆作为第一本公开发行的译本,这对于我们来说,我们从中认识到的东西多了起来。诗歌之所以迷人,在于它的神秘从来没有完全被破解,由诗歌带来的友谊和心灵的感应是一份原则的力量,它有着秘密、颠覆的欢乐。

目录 | CONTENTS

查特·贝克 1
铅白 2

燃烧之书 10

合组歌：建筑 34

佩尼希胶卷 38

合组歌：补偿 50

面向历史：战争岁月 54
不管 68
合组歌：门口的男人 69
确切的帕拉迪奥 73
译者 79

北方的空气——一个匈牙利人的新地岛 82

摔跤手约瑟夫·绍博之歌 95

闪灵杰克 104
合组歌：论跳舞 106

故事讲述者　　　　　　　　　　　　　110

爱华德·霍奇金组诗　　　　　　　　119

献给彼得·波特三首关于蓬托莫的诗　124

合组歌：一月的电影　　　　　　　　127

鸟儿们（组诗）　　　　　　　　　　131

沐浴与歌唱　　　　　　　　　　　　153
春　　　　　　　　　　　　　　　　154

合组歌：纪念华盛顿州立大学　　　　156

池　　　　　　　　　　　　　　　　160

编草的人　　　　　　　　　　　　　164

沃尔沃斯　　　　　　　　　　　　　170

附录
　薄冰与午夜滑冰者　　　　　　　　173
　西尔泰什：语言冰面上的舞蹈（译后记）　207

查特·贝克①

在大厅尽头的某个地方
你不记得的一年，
如此渺远，或许是昨日，
一个声音开始消降。

仅仅是哀婉穿过一定距离
它一被倾听随即消失，
但不断消降，一个苍微的声音
似乎，无力抗拒……

毕竟只是重力，一个
小号声，其回音在落下时
渐渐消逝。但，上帝，始终
就如此临降于地

并散落成破碎的乐句
正当那气清雾升之时。

---

① 查特·贝克（Chet Baker，1929—1988）：美国爵士乐小号手、短号手和歌手。

铅白

1

有时,世界只想要扭转着穿过
你的手指而不会被把握:
你的猫在你怀里扭动的方式,
在一阵不明由来的巨风中被吹走的
待洗物,陡然上升且在
你脸上蔓延的水的
所有汹涌形式,清空了痊愈着的太阳的
云朵。摆好的餐桌翻倒,椅背
嗒啦声合上,而潮湿的天花板
跌落板条和抹灰进入你的心⋯⋯
  有时你感到上帝的临在,他的手
轻轻抚按你,而你萌发了一个念想(其
部分是疼痛),似乎你可以治愈
此尘世,以你在猫或待洗物,在
任何逃逸你的事物身上感觉到的所有善良,
因世间万物皆善,正是他存在于
翻腾跳跃之物,正是以此方式他塑造你
以契合其意;因他憎恨不义,如若所需
也会婚娶妓女,令其恢复贞洁;
因为他的爱能支撑卑微被鄙视者,同
矿工们降至地狱的矿坑

或与农民们苦干于田间,当钟声敲响于
远方,于他仁慈的深井,
于乡村的塔中,于贫困和被弃之中。
向你走来的那个黄色身影是基督,
世界扭动跳跃如猫,不会
为你之手所掌握,而在云和灿烂天空中
翻滚的待洗物,经过田野的
犁沟,持续不安地经过
溪流,万物越过你,以
一种不可能的速率,扭转,咔嗒响穿过。

2 ①

是的,有繁星满天的夜和咖啡馆,在凌晨
四点的意识中,摇晃着走出
某种凄凉的恍惚。有某种震荡物在教堂中
翻滚坍塌,它的石头,一种灰白火焰
胡乱吹动。烦躁烙印着

―――――
① 原文这一节隔行押韵及换韵,即第一、三句押韵,第二、四句、
第五、七句……押韵和换韵。

我们坐于其中的黑暗,我们吃东西的桌子。
我注视食客,勤劳者,村子中
分送邮件的人,屈曲的街道
蠕动于我们面前。我宁愿攫住
精确的时刻,当草全都
吹向一边,似乎有一个意向,在
被风拉扯的花瓣闭合于夜晚的前一瞬间。
我寻找着确切的张力
在神及其世间,在鸽子的咕噜声中,
在浮世绘的漂移尘世,在
多雷①阴郁的伦敦小巷,在回响于并质疑
逼仄贫民窟和豪华酒店的
司布真②的声音里。我叫文森特。让我
自我介绍。我是你将学会发音的那个名字。
我有一个使命。我将立起自己的十字架

----

① 古斯塔夫·多雷(Gustave Doré,1832—1883):19世纪法国著名版画家、雕刻家和插图作家。他的19世纪伦敦街景画以及为但丁、莎士比亚、弥尔顿、塞万提斯、拉伯雷、巴尔扎克等伟大作家、《圣经》所做的插图令他声名远播,他的戏剧版画对近代艺术家产生不可估量的影响。
② 司布真(Charles Haddon Spurgeon,1834—1892):英国浸信会牧师,著名布道家。司布真十七岁就受聘为乡村牧师,他讲道时常常人山人海,他被称为维多利亚女王统治时期最有影响力的人物。

并悬挂在上面。这是我应得的,我的苦行。

3 ①

一度,在一个半空的台球室
酸性的尿黄的忧郁,
我目睹一个充满毒药的钟表,一个绿色幽魂
一直唠扰浮现于帘布后。
我点数了桌子。那里人影寥寥。
时间在其轨道之外,它的手全力
挣脱,勒死钟点。灯盏扬簸
稠密的电光火花。它的能量奔流而过
且摇撼我。我时时战栗。我梦魇连连。
我想我能听见空瓶的
尖叫,燃料在炉子里
白痴的呼噜声。我听见玻璃的残忍笑声
在丛花点点的孤寂酒吧后
清脆响起,一次粉红的涂抹
一种肉体的戏仿。一个人站在台球桌边,

---

① 这一节每两行押韵和换韵。

凝视我。我已疯狂,惶恐不安,
不能确定我立足之点。那球杆① 指向我。
我回视。我画下我见到的。

4

我画下我见到的:一条船,一座风车,几座
风车。毕竟我是荷兰人。我看见风
作为一种铅白,当它掉进
我的脑袋。我处处涂抹,让云朵
冒起泡沫。我让街道沉入其中。而今一切僵硬得
有一种厚涂② 的忧郁。风车翼叶
升起又落下,在世界搅开。物质
事物:这些密集的、枪托重③ 的、偶发的褶皱。

---

① 这里有双关意味,原文的"cue",除了"(台球)球杆",也有"暗示、提示、线索、情绪"之意。
② 这里也有双关之意,原文"plastered"有"涂得厚厚的"和"醉醺醺的"两种意思。
③ 这里"偶发"和"枪托重"等词,暗示着梵高自杀这一"偶发事件"(happening)。

5

世界的褶皱沉重。有人费劲地
撑举它们。猫、待洗物、教堂的
墙壁，神意，假装
眼睛的玻璃窗格，全都激烈沉重。
我与这沉重角力。我举起风车
翼叶。时间陷入泥淖，
拒绝让步。有时会粘住多日
而我得躺在这里冥想，
注视椅子自我组装为一个呼喊，
一个金黄的呼喊，直接来自太阳。
此时，穷人们四处闲逛或一动不动
站在村舍门边。他们从我这里逐渐
消失。他们无从理解
我的虔诚。他们消逝，曳步走开，进入
天空的厚板，云朵的
白蛋糕，光奇妙摆动
穿越河流和田野。他们留下我在此疼痛
伴随他们的缺席，他们
存在的强度[①]，他们纯粹的浓度。

---

① 这首诗有不少词暗指绘画，这里"intensity"也指色彩的饱和度。

6 ①

一度我爱语词之诗
但此刻正是难以对付之物的诗
令我感动②：田野上方
群鸟的盘旋，大风中风车翼板
可憎的嗡嗡声，白铅的味道，
一个有单人床的房间的逼仄狭小，
与一个密友的争吵，
深夜地方小巷的
狂怒，头脑的死寂终结。

7 ③

于是狂怒之日光耀一切：
小巷如静脉迸裂
在光的爆炸中，仿佛光即是碎成
水滴的雨，在眼睛里面

———————
① 原文这一节基本隔行押韵及换韵。
② 原文"move me"：这里也可理解为"推动着我"。
③ 原文这一节基本隔一、二行押韵及换韵。

滚下,田野裂向
关注,向日葵怒视,
树木扭转并长出不可能的羽翼。
在乡野小镇的广场
嘶嘶声炽如电炉。思想如同心脏
长出腔室,所有的笨拙
被遗忘,学会轻快摆动,舞蹈和撞击
光进入尘世,为祝福
上帝安坐之地:空无。

燃烧之书[1]

1. 序言

当他收集了所有书

当他做了索引,编目,相互参引,注释
当中国的小王子们和威严的皇帝们
在他自己可敬脑袋的针尖上跳舞
世界的胆汁正在阴沟漂流
门卫的拳头正揍得街头女孩鼻青眼紫
油嘴滑舌的推销员为取悦女管家
润滑了雕花保险箱[2]的铰链——
一股细微的大风开始吹进
小巷,穿过大门
穿过无法飞行的窗户
穿过市议会厅[3]以护墙板装饰的走廊

---

[1] 这组诗取材于德国作家埃利亚斯·卡内蒂(Elias Canetti,1905—1994)写于20世纪30年代的小说《迷惘》。在这部小说中,主人公基恩痴迷于书籍,拥有一个巨大的藏书室。他的不谙世事让他受女佣苔莱泽的欺骗而与之结婚,自此,在苔莱泽和侏儒等人的欺骗和摆布下,他流离失所,在精神和肉体上受尽折磨,最终在一场大火中和心爱的藏书室同归于尽。

[2] 雕花保险箱(cassone),音译"卡索内",意大利中世纪及文艺复兴时期富人结婚时用的箱子。

[3] 市议会厅(rathaus):德语。

而格罗茨[①]乞丐挪动并晃荡单腿
迪克斯[②]伤员摇着大同小异的四肢格格响
杂耍艺人脑袋朝下倒立如星辰
有屠杀
屠杀和阴谋
给编目和分类的智力者
给为之注释的头脑和相互参引的手指
给洞悉一切的高级意识
在门厅和酒窖
在监狱和手术室
在厕所和藏书室

在书被收集之处

2. 在高大有角的字母中

哪里书籍汇集,哪里就有灰尘

[①] 格罗茨(George Grosz, 1893—1959):德国画家,其作品以漫画式形象揭露专制,抨击社会的丑恶。
[②] 迪克斯(Otto Dix, 1891—1969):德国表现主义画家,其作品揭露了现代社会的黑暗和战争的残酷惨烈。

灰尘被筛滤，穿过皮肤和头部的毛孔，
语言的绝对尘埃，溃散在
你的手中，或寄寓在你的手掌
像一个承诺。观念是灰尘。词语是灰尘，
一宇宙的灰尘在行星间，
当然是珍贵的灰尘，金色的灰尘，一种
渗过睫毛的光的掸尘，拍打于
湿气的页面上，泛黄纸页上，页边上，
死者临时的购物单上，
死者本身，是牢狱的灰尘，
灰尘的济贫院，灰尘的碗，历史的
垃圾箱，渐渐分解为粒子、
分子、原子的穷人的灰尘，鸟儿们的灰尘
在它们的巢中，旅馆的灰尘
侏儒和学者在旅馆淘金，在尘埃中
在看不见的书籍中，在想象的书籍中，
折叠的书页、折叠的雨伞、被灰尘堵塞的
皮肤的褶皱中被捕获的灰尘
即将降下的烤箱上的灰尘，洗涤垫的灰尘，
灰尘的街道上灰尘的市民们，
从你凉鞋被抖落的城市灰尘，
尘螨，想象中的蠹虫，
演讲正在进行的车站的灰尘，

士兵们被屠杀的山隘的灰尘。

  宇宙藏书室的管理员，你可曾勘查
坐着狙击手们的仓库的架子，
港湾停车处的地雷存储库，
收银台可疑的白色粉末，
影印机旁轰击你的神秘射线，
文件归档系统的心理紊乱
这系统在世界各地荒漠统驭着
偏执狂的印刷共和国？

3. 她打开书①

之前她错过了羔皮手套
而那本书出现，有着它的珍藏封套，
以及它随同光被别进空隙的虫词，
很明显有相关的花费。
花费和尊敬，还有一个财产问题。

---

① 在《迷惘》中，女佣苔莱泽为了博取基恩的欢心，小心地为基恩收藏的一本旧书《冯·布雷多先生的裤子》包上护封，又戴着软羊皮手套装作虔诚地阅读这本书。

我不与财产打交道。我是学者。
我不做家务。我不赚钱。
我到处探访书店,向商人询问
以失传已久的语言写就的珍本。
我走遍了柏林小巷,比我
能记得的更频繁,但我清楚忆起
每本书在书架上各自的位置,
并留意与它相邻的书和环境。
金钱是空气。我吸入呼出。
我擤鼻清除。我对它撒尿,无论清晨
还是夜晚临睡时。金钱是微风
当我走进商店在我的鬓角优游,
在我离去时,是我后背轻微的气流。
它是排水沟中落叶的低语,
一种烂体制半干半湿的沙沙声。
递给我羔皮手套吧。我触抚一本书。
死者的言辞栖息在我的头顶。
我在它们中飘浮,失重,像个
氦气球移动,望着下面排水沟
溢流,携着叶子和纸币。
我没看到任何差异。

4. 不会下象棋的不是人

你可把我看作历史的一个小兵。
但我是谋略家,将和你赌一千,
小兵们掌控自己的兵,在即将到来的战役。
在妓院和我倚躺下吧,在妻子
营生的床之下,在这棋盘全神贯注[①],
不是你上面那块,其身体的简单厮磨
压根一无所得,除非在另一处——
那里乱糟糟亟待清洗,暂时的慰藉伴以
意外的疾病[②]。或许我仅是小兵状的侏儒,
我的后背弓起但我的头脑极清晰。
我已研究过开局、弃兵局和残局
而让它们布置在你无法察觉之处——
在你内心的匀整花园,在矮小的树篱间,
走着精微的人行道,在近乎隐形的橘园,
在迷宫和可爱的末期"奇饰建筑"[③]中。

---

① 在《迷惘》中,这个侏儒棋手经常藏在他做皮肉生意的妻子床下,等顾客完事后钻出来与他们对弈一盘。
② 这里应指《迷惘》中的小酒馆。
③ "奇饰建筑"(folly):一种过去常建在欧洲乡间大房子的花园作为装饰品的建筑物。

我已与王同坐,玩着机器人偶。
细思夜莺和弯刀之刃,
我冲进了小巷,当骑士①过来巡视
钩状路程,城堡②以细铁丝护卫我。
我能走出路障而估算着路程
从前线到底行,到转换点③:
从背负骨袋的侏儒到调遣布防的王后
越过普罗大众(他们中几人能做到!)。
其他人也许嚷嚷着意识形态,
其他人撰写小册子或组织集会,
其他人或许在街垒鏖战,举旗,暗杀,
而你,我的朋友,坚执于你隐形的书籍,
你空空的橘园。我的书是摩菲④和阿廖辛⑤。

---

① 国际象棋中,骑士(knight),大致相当于中国象棋中的"马",一般也译为"马",这里依本诗的语境,按照"knight"的本来意思所译。
② 国际象棋中,城堡(castle),大致相当于中国象棋中的"车",一般也译为"车",这里依本诗的语境,按照"castle"的本来意思所译。
③ 转换点:国际象棋中,小兵到达对方底线某点时,可以转换为象棋中除了王之外的所有棋子,该点被称为"转换点"。
④ 保罗·摩菲(Paul Morphy,1837—1884):美国国际象棋高手,当时世界上最为杰出的国际象棋大师之一。
⑤ 亚历山大·阿廖辛(Alexandre Alekhine,1892—1946):法籍俄裔国际象棋大师,世界上伟大的国际象棋冠军之一,以棋风凌厉著称。

我们一齐走过花园,沿着几何路径。
前进。迈开你的第一步。向前挺进你的小兵,
任由它们在我们上方轻轻摇摆。

5. 小孩刚会行走

小孩一旦会行走及识别字词
即被交付某条胡修滥造的马路的
坚硬路面,在那儿其他孩子
蹦跳于标以数字的方格间
或跃过绳子,又不时尖叫,在
无法释解的星辰系统之下,
手持警棍套藏手枪的警察经过,
中午的强光,短截硬边的影子
将他们分切以致一半不可见
或眼花缭乱,没人能识别街牌和
商店橱窗名和公园布示牌的字母
乃至开始辨认那张沿着排水沟吹落的
大开报纸的小字体影迹。
小孩一旦会行走就得开始奔跑,
而脆骨断折,以致他得理解身体
(血,肉,皮)的残酷法则,

密码写在他已从匿名叔叔们，从
一夜风流承继的神经细胞，以此
构成他的存在之书，他一生必说的
傻瓜式个人语型。思想恒存永世
而甚至我朝纸页举着的火柴也虚弱无力
因为就在此刻有人正铭记着
已超越可燃版本的措辞的
句法与韵律，而语法重组着，猛冲
向孩子们玩耍和跌行的街道，
像个纸袋，粘住他的容貌
在脸上拂动，因而，当他扯落它
脸仍在那儿，其特征被加密
然后飞过他，进入藏书室，融入
没人能听到或说出的浩瀚言辞。

6. 驼峰隆起的人

我注视的是两只黑色、平静、悲伤的眼睛，
当它们在宏伟的鼻子上升起，望着它
如同一个卫兵从他的塔中，
怀着某种悲伤，俯视风景在他面前
隐入无限的远方，在某处，他的家庭

忙于在商店排队或交换信息。
正是这两只黑色、平静、悲伤的眼睛,攫住了我——
当它们必定会。我想起我的父亲
想起沉入他自己和我们的历史的
矿井的长长隧道,其入口
在这些瞳孔以及他的鼻孔令人
困惑的洞中,这些洞也必定在某处引导
如同所有的孔洞,如同寒冷
而阴森①的大地的那些幽洞,那些被平放下、有着
同样眼睛、鼻子和嘴者。
　　于是我注意到驼峰,几乎是他的
全身,这隆起的山,从骶骨起弯曲成环
在肩膀上,带着狂暴的力
降入项脖,似乎把同一块骶骨往下回推
推进地面,但他的嘴咂咂不停,
某个东西蠕动于唇间,我听到侏儒的语言
肿胀成比他还大的调子。很快他唱起,
深厚的低音,像我父亲之声,
音调断断续续,不全然集中或合拍。
我多数时间听着的正是那歌唱

――――――
① 此处原文为德语"unheimlich",意为"凶险,神秘,阴森"。

当我看着他，他那黑色、平静、悲伤的眼睛
而那宏伟的鼻子，甚至变得更为宏伟了
似乎为了在另一边平衡那驼峰。

7. 一件硬挺的蓝裙子

于是她调整浆硬的蓝裙子的垂饰，
把硬挺的裙罩延展，伸入
正铺在地毯上的阴影之雨，
金钱不是问题。一切适得其所。
就加上一些〇。仍在50右边。
这些是她所唱之歌，合着肺腔开合的
旧手风琴，而她紧身胸衣的
破小提琴，每个体面的音调，适于一个
习惯规则的人。而规则在她
身体中心展开，伞的翅翼，
可怖的裙子，未加工的浆粉。
　　　　而在裙下，生肉咬入撑住
臀、腰及在它上面的一切的位置，
因而骨架固牢，天气无扰，
在她心中，大风刮起，议论的毛毛雨飘拂
关于雇主们和丈夫们的缺陷，

关于比自己年轻的女人们的粗俗，
关于在她足下绘成的雨水图案
直到浆硬的蓝裙已半金属化，
不仅仅肋架，还有织物，并开始铿锵作响
犹如钟舌，当每次她碰到它，每次雨
敲打着它之时，因而万物交响
就加上一些○。仍在50右边。
城市诸钟狂喜，叮当声鸣出
小时、日、星期、月份直至时间本身
精疲力尽，但仍在50右边，
而雨最终歇了，云朵消散
浸入远方，那确定的可怕的光线
停留，经过她，穿越城市
阴影更锋利了，明亮令人惊慌。

8. 令人晕眩的家具 ①

我们的生命是家具，尽管桌子不存在
主人和佣人可以吃掉它并想象

---

① 这首诗为基恩和基恩的妻子分别所说。诗的标题也是《迷惘》中一小节的标题。

他们的平等。我们所睡的床不能支撑
关于我们的人身,穿着,我们
上好的绸衣和烂内衣的理念,
——要是不能确定我们适当的位置。
沙发床很硬,她抱怨。我什么也没说。
我有我的记忆,而记忆是我已坐在
上面的椅子,我清扫的毯子,我装上把手的餐具柜,
我用软布、糙手和这种蜡擦亮的衣柜。
  我已走过新艺术风格的深色走廊,让我的手
奔忙于摄政时期的牌桌:我已进入,穿过
镶板门,平顶镶板装饰的房间。我有
我心中的家具,它被布置成悦目的格局,
但这种家具适宜于与我的阶层
和教养相同的人,我已站在
昂贵宅第的窗旁,估量着成套东西
并玩味着、冥想着花瓣般曲起的
躺椅。我梦想的家具同样是有机物的
而我在中心,花园女王,
一种飞蛾拍翼于花床之间——
此刻,那块明亮的玻璃攫住阳光。
每天我们静静吃午餐、切面包,
用怨恨和希望装备我们的思想。
我椅子娇嫩的花吞噬着我:

让我端坐又将我吞噬的是我坐于其中的——
这座城市,这种寂静,这些书,我的年龄和身份。

9. 吞噬激情[1]

吞吃书籍即让胃充满犄角旮旯,
因为词有角,有割伤你的
利刃:辅音、齿擦音、喉音,
任何声音都有危险,一切都会伤害你。
如果你躺在路道,拳头捶击泥地,
有人会走近,在你耳旁吐出
利如剃刀之词。你的耳朵开始流血
然后你的心和头脑鲜血淋漓,
只因我们是敏感生灵,我们爱语言,
学者说。是的,我们胡言乱语,动口动手
动刀子,但自有一种更高的知识秩序。
我们愚笨,我们结巴,我们沉溺迷恋,
爱那些鄙视我们的人,侏儒心想,
而金钱即是金钱。世界没有真理

---

[1] 这首诗开头是基恩所说,中间是侏儒所说,最后是基恩回应侏儒所说。

这鼻子这双眼,是计谋多如
我背瘤的代理人,因为在
书籍和金钱之间,在抽象和肉体之间
有血的海洋,血在棋子们
焦躁不安的棋盘上,血在你带到
工作岗位的包裹上,血在你提交给
你的员工的合同上,而从未一本书
被置于他们的胃中,因为他们的胃空空,
他们要的是现金、食物和一块肉
可以捏或吃。我们吃的不是书,
而是我们自己,我们的身体是营养物
在单词,或符号,或字母,或纸张之外。
一个瘦子幸存于版权页。我是个瘦子,
学者回答:版权页,索引,章节标题。
生命是注解。渴求和注解。它是我们
渴求的知识,我们啜饮的字母,血流中的渴望——
渴望我们书籍那肺腑运行、血液环绕的肥胖肉体。

10. 乌合之众

人群进攻他们乐意攻击的任何人
并且仿佛凭本能可以嗅出罪犯,

故而本能射出,扩散,像
进入皮肤、穿透骨头的太阳光线,
骨头有罪,由于分歧,玫瑰花
或死水的气味,随赃物而稠密,
那么他们完了,因为不管一度犯下的
事情多轻微,吝啬鬼的伪证,
丢失的书,昂贵呼吸最少的开销
都被记录在骨头档案的某处,
在流浪者被讯问和惩罚之处
下面的骨髓数据库,于是人群
挺进,一个个肇事者,直到罪行囤积
并被给予一个漂亮清理。而今
街道是血迹和靴子的印痕,
店面和入口,连同一度站在那儿的
人的鬼魂呼吸着,携带着某些
重如骨头隐藏在罪孽身躯之物——
在无意识的人群经过之时;
而今,一只来自乱巷的小壁虱
也汇入行列走向广场,那儿
蹲坐着特烈茜当铺①及其贩子们,他们

---

① 特烈茜当铺(Theresianum):《迷惘》中的国营当铺。

合法行事没有一丝谋杀或偷窃
之念,但书籍将谈及一切,指着凶手们
高声抗议小偷们,它们的嘴张大
并叫喊,别偷,别偷!叫喊,警察,
杀人啊!在维也纳,在罗马,有谋杀
和偷窃,玫瑰花香和令人烦恼的
死水臭气。泼妇和侏儒,盲人和学者①,
听,他们追着你,他们已破碎为一次奔跑,
疾风用手抓住他们,太阳直射他们的骨头。

11. 疯人院

疯人院的要点是它有阳刚气概。
疯人院的要点是它忠诚于它的信念。
疯人院的要点是把心智健全者视为布尔乔亚。
疯人院的要点是没人装模作样。
疯人院的要点是没人仅凭友好即能入内。
疯人院的要点是它解放精神。
疯人院的要点是你可以在那里随意畅想。

---

① "泼妇、侏儒,盲人和学者",都是《迷惘》中的角色。

疯人院的要点是谁都可以进去。

疯人院没啥特别，人们一直来了又走。

疯人院没啥威胁，我们都是将死之人。

疯人院没啥末期：你逢场作戏，尽情随意。

疯人院没啥难过：垂泪咬牙，不算什么。

疯人院没啥疯癫，默认状态下它神智正常。

默认状态下我们神智健全，我们是故意的疯狂，但疯者更绝妙。

绝妙猿猴，白头翁，线粒体，肿胀的咽喉，

绝妙兰花，大蒜，合上之书内部之火。

绝妙被拷问者的哭喊，消逝的夜莺歌声，万物的朗笑

表面正常但渐趋疯狂的

万物譬如日光，细雨，每颗垂悬水珠，坦阔路途，

盈盈眼睛，影子，野餐，公共运输工具，雷声。

自然是一种疯狂有一种方式及为之存在的所有茜草①。

文化是一种疯狂人人遗传。

科学是一种疯狂数字迷恋、完美的*疯狂之爱*②。

健康是一种疯狂时时在变、*祝你健康*③！

---

① 茜草（madder）：可作红色染料，在词形上它是"mad"（疯狂）的比较级。

② 此处原文"amour fou"，为法语。

③ 此处原文"gesundheit"，为德语，意为"祝你健康"，常用作祝酒语。

金钱是一种疯狂装满你口袋、把鼻涕虫①的银痕留在花园。
疯人院的要点是不对之描述。
疯人院的要点是不对之改变。
疯人院的要点是生活于此,
让自己习惯其洁净无瑕的规矩,
永远居于主之屋宇
伴随先知,诗人,侏儒,学者,火焰。

12. 基恩论女人

想想这硬挺的蓝裙子吧。想想古人吧。
想想你一无所知的纯粹原始的兽性
直到你梦见它在肉中。那么你进入肉体
且知其腐败。你在进入无物。
这是欺骗和奢侈品,当你把手放在她们之上
她们消逝,像你脑后勺上的力。
想想肉体。没有它你不更完善?难道
你不是纯粹话语,纯粹寂静的积聚
在你书籍的爆炸中,而她们——
贪婪者,手指抓紧的自我牺牲者,伤害贮藏者,

———————
① 鼻涕虫:即蛞蝓,是一种软体动物。

油彩披挂者，涂脂抹粉者，镜子映出色欲的
求婚者，色欲显示你在她们之中，在
空无一物之处——她们，纯净的泪管阴郁
如待洗物，她们是邋遢女人，纵欲者，
穿着巨钟般的蓝裙的真理凶手，
只读《冯·布雷多先生的裤子》[①]六页
仅为了掌控一个裤子世界。
一度我饱受一个男人[②]的拳头，他的指关节
奇痒难忍，毫不犹豫地挥拳乱揍，
有一妻一女（她们都死了）的一个男人
过去是警察，以"姜猫"之名为人所知，
他的周围是乞丐和裤子的荒漠，
我的看门人，我的相似物，我的反面，我的愤怒，
我嗓门嘶哑的
殷勤的仆人，涨红了脸。我想起这条裙子
回响于他的触摸，我想起了古人，黛利拉[③]，

[①] 《迷惘》中，基恩看到苔莱泽戴手套，小心读着《冯·布雷多先生的裤子》而顿生好感，决定娶她为妻。《冯·布雷多先生的裤子》，德国作家维利巴尔德·亚历克西斯（Willibald Alexis, 1798—1871）的小说。

[②] 这里指《迷惘》中基恩的看门人，后来成为基恩妻子苔莱泽的情夫。

[③] 黛利拉（Delilah）：《圣经》中迷惑大力士参孙之妖妇。

克吕泰墨斯特拉①，珀涅罗珀②，克里奥帕特拉③，
短促锐利的悲痛，一股香水臭味。
我没身躯，只有火焰，我的火焰净化她们，
她们是灰烬和书页，抖颤的光舌。

13. 棕色纸

棕色纸的悲伤是一种想象的悲伤
但仍因此，因它像油毡布铺展
于地板而真实，万物中油毡布确实最悲哀，
尤其棕油毡布，其棕色象征精神的一种秋天，
那些秋之书，你言辞的褐斑印花色底在远处
卷曲，潮湿，闪亮如叶，落到田野的泥中，

---

① 克吕泰墨斯特拉（Clytemnestra）：《荷马史诗》中阿伽门农之妻，她与伊杰斯瑟斯谋划并杀死了特洛伊战争后返回的阿伽门农。后来，她被她与阿伽门农共同的儿子、长大后的俄瑞斯忒斯杀死。
② 珀涅罗珀（Penelope）：《荷马史诗》中英雄奥德修斯忠实的妻子，在丈夫远征期间一直在宫中，以织布拆布的策略拒绝无数求婚者，终于等到丈夫归来，后被视为贞妇的典范。
③ 这里指的是克里奥帕特拉七世（Cleopatra VII，约前70年〔一说前69年〕—约前30年），古埃及托勒密王朝最后一任女法老，通常被称为"埃及艳后"或"埃及妖后"。

词和叶子,词和泥土,秋天居于
卑微的、介质的、过渡的、临时的空间图书馆
于世界迷失的心中,它的搁架除了幻想
清除了一切。但人的幻想邪恶不洁,
门厅里神的言辞说,其踏上楼梯的脚步声
甚至现在被听到。他候于门口,手指按着门铃,
他为你带来了书,书皮透明如同穿过
百叶窗的月光。这是午夜。秋天。棕色纸延展
经过沙发,覆在地毯,它在悲伤;而心必须扯起
它所负载的珍贵知识修复,小心地
自我包扎,以秋天的棕色纸,裹起看不见的
大半事物,在旅馆悲伤的光中棕色纸潮湿闪动,
月亮在旅馆徘徊片刻,进入一个包裹,
停留于不能被看到、读到或出售但必将
世界的诸多虚拟空间聚于一起的纸页间,
用标点修复它吧,缩排其不可能的段落
以之为成果展现,适当包裹,以绳捆扎
作为秋之进程,其清理物、积聚物在书
完满的、抵达了某点的中心处被整理成堆,
干、硬、脆、纸质,而在你了解之前
有人已用火柴点燃它,微小的灰烬的黑鸟们
在瞬间情绪中漂过心灵地带,
火与冬天,干枯之树从其中心燃起。

14. 结束语

梦见书籍即是梦见人类梦见人类即是
梦见上帝,梦见圣人燃烧于上帝的圣火中,
梦见使徒嘴上圣灵降临节的火焰,
梦见先知唇上灸红的煤,梦见成堆成堆
燃烧的书,像在这里,就在这大街上
它们被堆得高高。我们将让它们吃自己的词语,
元凶们叫喊,它们将用火舌言说,
将在火舌的纸张书写,我们将放出野猫
攻击它们,老虎,豹,美洲虎,荡妇,它们将撕碎这些书,
每本书的呼吸在一股热流中自胸膛升起,
其思想变黑,卷成一种被遗忘的语言,为
烟与灰烬所有,烟与灰烬甚至现在还在城市上空升起,
而这是梦的书,梦亦是书的书,
每种声音卷曲变黑,独一无二
又被遗忘,而美洲虎们阔步于夜晚大街处处
它们眼睛洋葱纸般闪烁,更为绵薄,
它们牙齿小印刷体般聚集于页边,
它们下颚的索引包揽了可能被书写的一切,
它们尾巴的附录消失在没有灯光的人行道。
这是我的梦的书,学者醒来
厉声高呼,这些书是我的人民,这些开裂的脊柱

它们的骶骨和椎骨,这些美洲虎,无知者的
祭司,而火,火迷蒙不清
但可以解释,通过认真精细的阅读,
通过被参照的文本的适当分类,
通过尖锐如牙的页边评论,
通过精心研究的进程,在那些合适的图书馆,
那些知识的燃烧地,那些眼睛外的
干燥物,眼望着野蛮人群集,举着火把
列队于书架上方,语言和脚注
一如既往地燃烧,如其本性,在这些
书本般敞开、且本身必定一直燃烧的城市大街。

合组歌:建筑[1]

(给玛莉琳·黑克[2])

在某处,有一座完美的建筑
在那里,光,形式,影子,空间全都移动
去形成一种超越建筑的语言,
在那里梦见错误的建筑
即梦见终结。但清醒禁止了这个梦
又再发明空洞白昼(它是所有建筑
且无梦)的建筑。是否某处有个疑犯
我们因此归咎于他,是否这疑犯
即我们自身?我们建造自己的建筑
且居于其中,如在一个坏名声的房屋

---

[1] 合组歌(canzone)是一种极其复杂的诗体,全诗五节(每节十二行)和一个结束段组成,每行基本为十至十二音节,且行尾有固定的词,即:abaacaaddaee, eaeebeeff(bb)edd……结束段为aedfb,这样形成反复延伸又回环相扣的效果。奥登用过这一诗体,而西尔泰什更将它作为主要诗体运用。在本诗集中,属于这一诗体还有《合组歌:补偿》《合组歌:门口的人》《合组歌:论舞蹈》《合组歌:一月的电影》《合组歌:纪念华盛顿州立大学》。而在本诗中,是以"architecture"(建筑,构造,结构)、"move"(移动,运动,感动)、"bans"(禁止,禁令,法令)、"culprit"(疑犯,罪犯,被告,肇事者,犯人)、"fame"(名望,名声)作为各句词尾反复交替、回环呼应,翻译难以体现此诗式效果。

[2] 玛莉琳·黑克(Marilyn Hacker, 1942—):美国诗人、翻译家和评论家,曾获得美国国家图书奖等奖项。像西尔泰什一样,她也注重形式探索,写过合组歌等形式的诗。

它是我们渴望名望的一切。

我们的名望是内在的：它是个人的名望，
我们须为之创建一种外在的
建筑，无外乎名望
不能属于个人，如果它将是名望。
我们熟悉我们的名字，而必须从我们
无名之坛宣布结婚预告①。
谁能反对这个？这是我们自己的名望——
我们为之命名，与之相连
又跟它迁居。我们推动（感动）② 的正是自己，
而非他人。我们对着识别疑犯的墙壁
宣布我们的名望，此时它们
听到一个：名字本身就是疑犯。

而成为一个疑犯，到底有何意味？
是拥有某一部分的名望
并将它作为自我，因渴望仅作为

---

① 结婚预告（bans或banns）：指两个人打算结婚的公开声明，在教堂或市议会等地点进行。
② 原文"move"在这里兼有"推动、运动"和"感动"两义，后文有相当多类似的用法。

一个疑犯幸存而责怪疑犯。
正是自我,建起一座建筑,其身
在其中又可能是一个疑犯。
但谁能忍受永远是个疑犯,
并且,是一个在自我某种
距离外的、不能移动的疑犯,
一个可能在坛上、但仍是疑犯的疑犯,
因此,受制于所有通常的法令,
憎恨又欢迎这样的法令?

有一种建造物城市颁令禁止,
它将其建造者视为疑犯,
它实施的不仅这些,还有其他禁令,
因为城市们赖以实施法令以防
失控的自我遮蔽只应归予
城市的名望。秩序颁布法令:
法令指令匿名。无人施令
无人。①无人可以建造那建筑——
它仅为一座自称为建筑的建造物。
自我可能阻拦自身反对某些禁令
但没有自我能保持静止。它须移动。

---

① 这一句承接前句,即"无人直接下法令,无人直接被禁令"之意。

总有另一栋建造物，又一次移动。

自我是一座为了容纳①必定要
移动的建筑。没有自我禁止
移动，因为它明白运动
即存活。心得跳动，血环绕
建造物流动。活着即是成为疑犯。
于是又一个以优雅的运动进入，
灵巧如诗，诗有义务推动（或感动）
心（心是自我所能了解名望的所有），
通过包容授予名望。名望
最终是言词，就像这些，持续运动，
把建造物变成建筑
或只是称建造物为建筑。

我触摸到了你脸上神奇的
建筑，感受它本身孤单的名望
知道我自身既为自我又是疑犯。
有物在词中反叛，禁止
对话。正是语言在运动（或感动）中。

---

① 原文此处为"accommodate"，也可理解为"适应"。

佩尼希胶卷 [1]

1. 克里俄 [2] 在电影节

这是一件小东西,往下摇转
几英寸,在你凝视银幕时
穿过你的生命,当你没别的事要做。

它至多是一小块灰片,克里俄
一眨眼间完成的百万个罪行中的
一幕,克里俄并不意欲

与你拉近关系,或作为一个
寓言人物曝光,通过投身辩证法
或流言蜚语。毕竟,你并非其情人

而仅为她偶遇的某人,在一个普通地方

---

[1] 佩尼希(Penig):德国萨克森自由邦的一个市镇。它有一座二战时期的集中营,属于整个布痕瓦尔德(Buchenwald)集中营中的一座,西尔泰什的母亲当年被监禁于此。佩尼希胶卷是一个小片段影像,由盟军所拍,记录佩尼希集中营的解放。从全诗看,本组诗的内容并不仅限于此。在形式上,本组诗三行一节,但丁《神曲》的连锁韵式(即"aba、bcb、cdc…")赋予了全诗一种庄重又悲怆的调子,很遗憾此中译本没能复现这种韵律之美。
[2] 克里俄(Clio):希腊神话的历史女神,九缪斯之一。

低劣的外景地出演于她定期
剪余片①中的一节。她没有到处发怒

或撕扯她神话的头发。她特有的优雅
在它的冷漠中不可效仿。她
不信介入的效应。至于你的脸颊

那是你自己之事：侧影，头像
整个波尔坦斯基②效果，不是她的所好，
她不会为你点支蜡烛，或约一个地方

在她匿名的群众演员中。你不能借助
如实言述巧妙地置身于她的
薪酬名单。它是出现于电影的重要之物。

你拖着卑微的身躯，穿越想象的
诸多城市，而她已按规模

---

① 电影剪辑中剩余的片断。
② 克里斯蒂安·波尔坦斯基（Christian Boltanski, 1944— ），法国著名的雕塑家、摄影艺术家、画家和电影制作人。他的生活与他的作品密不可分，围绕着回忆、屠杀、苦难、命运和艺术等主题，将有自传成分的内容和纯虚构的元素糅杂，借助电影、摄影、行为艺术和装置艺术等手段，表达对人类的思考。

配以浩若繁星的偶像拍摄它们。

我们在这里,克里俄说。这淡灰的
悲伤方格为你所有,让人物运动。写下
你自己的脚本吧,当灯光开始熄灭。

在黑暗中继续,在空空电影院的
长夜里,现在我将你留予它。我
得赶紧睡个美觉。我有一个早飞航班。

2. 序幕

因而人物们开始乱糟糟移动,
微弱的颤抖,在一个持续的不确定
状态。扬起小火焰吧,容许我们

呼吸我们的气息进入你们的,为我们
创造无足轻重的杰作,去
作演员和引座员,给我们模板

我们可以用于我们更得体的
注视。不结巴,轻快流畅地发言,

对我们齐声歌唱,

私语个人的秘密,现在各自,
现在成对,排成一排,列为一队。成为
密友,守规矩,确切成为

礼节之所需,在一个官方影片中
整齐灰影的整齐总和,由
军官们在一个下午拍摄,阴郁

如同世纪的心情,从你土质、泥浆、
石灰和骨头的床浮现而起身,或从克里俄
忘记探访的地方被抬到

一个医院,除虱,忍受饥饿并被埋掉,
裹在你记忆的单薄睡衣
漂进意识,漂进他人不慌不忙的

生活步调,漂进这微亮的平面,在那儿
光散开,经过一个颠动
颤抖的矩形,当它穿过这个世纪。

有鬼魂,它们知道没有墙壁,火焰

融合烟雾，烟雾飘入云朵，云朵
稀薄成一个蓝色天穹，其唯一的意念

是一个洁净的开端；而后是空无。就这样
始和终。放映已结束。白天的光
出现又消失，稍弱的光的

千支针。今夜星星都出来了。
你听到其呼噜声像一部老式投影仪
咔嗒出图像，一种溅出的黑和白。

你命名它们，凭借准确描述
它们一度占领的区域。你诱引它们言说
如图像所能表达，没有一部测谎仪，

皮肤和骨骼颤抖着，推压着虚弱者
靠着墙壁，所有赤裸和羞耻。
你探寻永远那难以探寻之物。

3. 诞生

让我们始于灰尘,一个微小的框架①,
一颗随处浮动的微粒,让我们假定,在这里,
一个这样的房间,你可以声称为

你自己的地方,它恐惧的盲点
避开你的聚焦。母亲哭喊着。多次推压
又间歇,而后你在那里,清晰明亮,

在这非凡的始初,在那里手伸向
脑袋,嘴挪向乳房,而乳汁
流溢于唇间。星群荒凉地安身于

屋顶之上。它们令人惊奇。生命莅临
于你的头顶。因而你醉了。孩子
就在身旁,当你幸福地摆着姿势

为了那第一张照片,与

---

① 原文这里是"frame",是接受过视觉艺术训练的西尔泰什喜用的词,有"框架、构架、结构""画面、景框""构想""心境,情绪,(精神)状态"等多层意义。

分娩的剧痛和解,超越它,你们俩
干净又生动。记录被归档。

医生和助产士离开了。这伟大的未被看见的
戏剧结束。我也记得,我们在家
出生,你的第二次。在母亲和孩子

之间的某处,盲点显露了,
未知,看不见但几乎可定位,在那里
又不在那里,在你和词"你"之间

在在场之间在你的臂弯在我们所有人
呼吸的空气中,包括"我"的书写,
这宝贵的、易凋的、几乎难以谈论的事件。

因而也在佩尼希,在一瞬间的意外
发现中,她,在这首诗的中心
又没在那里,迷失在它低暗的灯光中,

会明白,当她,听到军队进入营地
打开门,朝着新的光线揭开
死者的眼睑,扶起意味着她独自一人的

身体，找到一架担架让壮实的腿
可以抬起她时，当官方摄像机在周围
移动自己的近视眼，驱散苍蝇时

因而它可以在屏幕这里闪烁，像一只老狗
不再确定它在哪里，为什么，
但随处栖息，冰冷如石。

4. 死者

冰冷如石的身体被着衣，为了
放在沙发。冰冷如石的身体为火焰
而着衣。冰冷如石的身体在干燥的豆荚中

被平放入地下。静寂的胸膛。
平伏的头发。直到最后一刻做出的
平静陈述。渺小的生命，被压进

日历，到杯状的手心，它未被放映的
电影锁在小房间。它始于何处
因而它的弧光应在褪色之前升起

如同彩虹，彩虹悬浮了几分钟，在
雨和太阳的间隙，没有特殊之处，
只是寻常的彩虹，寻常的雨，水的锡声

和铜声下降？如此落下
最为自然。你升起
你的弧光，有人看到它未被许可的

短暂绽放，说出若干赞美之词
然后持续沉思他们自身
存在的弧光。在此我们在死的恍惚之间。

在此只有佩尼希，彩虹变暗，所有
墨水般变灰，变黑，一段胶片的原材料
转变了。一度那里女孩们在公园跑步，

一度那里有日期和备有美食的婚礼，
一度那里有办公室、电梯
和电影插曲般给予睡眠的床。

不适宜的电影在此。作为罪证——
在导演撕碎并丢弃的一个胶卷的
最后一幕，那些可怕的光头从一个

命定的采石场升起。我们在屏幕看到的
是它的遗骸。光弧被切成片
然后相互拼接,一种模糊的光辉

来自无细节的事件,被收割的万物,
头发被收割,时辰被收割,田野和草被收割。时间
被予以短暂的忏悔,似乎黑暗已落下

从一个高处到它之上,将它压成一个钟。
不问它为谁而鸣。临时演员已付薪酬
以死者的货币,卑微之物只给低廉之价。

5. 理由

过去从未过去:它只是被拖延的
现在。过去从未是理由。关于过去
我们可说我们喜欢什么。我们可突查

它的档案馆,找到胶片和文本,选择
一段,剪了又剪,拼接,加上配乐;
我们能复活男人和女人的声音,

含糊地念,配音,加字幕,说明,回溯
因而它听起来犹如预言,以之作为开场白
或尾声,把微妙的灰渲染为黑

或白,克里俄说,在途中,雾气笼罩的
机场,当我们等待之时。一切都被允许。
毕竟踢一条死狗无罪。

我跟着她,当她穿过人群,希望
给她一个网址。哦天啊!
在接受它她说。不,我不愉悦于

那种小混乱,但狗死了。猫继续
存活。九条性命,你知道。因而她消失于
另一个休息室中,像所有外交官,

温和,轻快又无可更改。**历史是表皮**,
她一离开我告诉自己。**而她没错**
那决不是理由。但胶卷就开始呼呼

飞奔。现在,观众席的光线再一次
微微暗下,沉落,仿佛进入骨和血。

看，现在她在那里，浮现于黑夜之中

进入我们的卧室。她把自己的洪水
扯在身后。她可以是任何人，任何具体的、
可识别的人。但她的形象颤抖

并凝固。她将依然未完成。没有
什么可以在她的缺席中完成。
没有什么可以开始，没有什么可延续下去。

我们从电影所见的一切都是现在时。
过去决不是理由。声音悬在那处
像待洗的衣服，留在一道电网上。

合组歌：补偿 [1]

于是时间因白昼的狂怒而回转了。
此刻终于会有为多年狂怒的
补偿和确定的道歉：然而
这并非它带着狂怒，没带着它们
肆行的方式。风充满悲痛
打断窗边的哀悼。狂怒
显现在树枝的摇撼上。一旦狂怒
攫住它们，它们在空间四处飞荡
好像再也不能为任何人留下
余地。因而两者，都可能是狂怒，
当炙热气息闪耀于嘴中
似乎那是任何人的全部：嘴。

它们没想过火何以能点燃一张嘴。
它们相互殴斗，给狂怒赋形：
这张嘴，扇打胳膊，穿过脸颊，
风搅动着，似乎空气是嘴
而狂怒本身莫名为多年的狂怒

---

[1] 这首诗以 "fury"（狂怒，狂暴，愤怒）、"recompense"（报偿，偿还，补偿）、"grief"（悲伤，悲痛，不幸）、"room"（房间，空间，余地）、"mouth"（口，嘴）作为词尾反复交替、回环呼应，翻译时难以体现此诗式。

而补偿。它们还有什么可做,除了用嘴
彼此反责以使嘴停止
指控它们。是否双方都不知悲痛?
是否在悲痛时刻,乃至多年的悲痛中
哭泣不自然?风的巨嘴
张得更大了,当房间收缩在
自己嘴中,几乎没有一个房间。

不要误以为这是一个私人房间。
这是历史的房间。这是死者
肃穆的嘴,火炮的嘴。如此小的空间
甚至也有最小的悲痛。甚至一个卧室
也提供一张床肢体可以在此
狂喜腾挪,但我明白人类大空间
在诸多小寓所中,酩酊大醉,空间
绕着它们旋转,绷紧。清醒时什么
补偿它们?也没有什么补偿
她,那个我在其生命最后房间
认识的女人。没有对悲痛的回挖
以揭示一个清空悲痛的、明亮朴素的房间。

因而事物旋转,词语绕着自己的悲痛,
萦绕于走廊,从房间到房间

移动,又再次转回,在更窄的空间中
邂逅同样古老的悲痛,认出它们
以为已置于身后的悲痛,一张张开的嘴
永远豁开,惊讶于悲痛
将依然如初,惊讶于疲乏的悲痛
拒绝疲乏。而这是狂怒和懊恼的
原因:悲痛结合了狂怒。为何
不只是一种完全的狂怒而结束
悲痛?如果真的会有补偿,
那会是合理的补偿。

因而我们言及了补偿。诗人
诺尔曼·卡梅隆①诗中的女士
问她悲痛欲绝的情人:你从我身上
得到什么补偿?情人们在卧室
消度时光,其应得的补偿是什么?

---

① 诺尔曼·梅卡隆(Norman Cameron,1905—1953):苏格兰诗人。下文涉及的是梅卡隆的诗《致一个贪婪的情人》,原诗为:"你从我身上得到什么补偿?/梅尔维尔没有对大海请求怜悯。/摇荡起伏,在我的失事船只中被遗忘,/随你喜欢,爱吧——我不欠你任何东西。"("What is this recompense you'd have from me?/Melville asked no compassion of the sea./Roll to and fro, forgotten in my wrack,/Love as you please–I owe you nothing back.")

没有什么补偿:大海没补偿
给溺死者,溺死者没补偿
给爱他们之人。口中的水完全
灌满了嘴。大海和嘴
浑然一体而言说。这就是一体。他们
寻找报偿即是渴望狂怒
仿佛要效仿狂怒中的大海。

可怕的风狂怒地撕裂着窗帘。
情人们期待嘴贴着嘴。
这房间是我们唯一的房间:没有其他空间。
树枝伴随什么而摇荡?悲痛吗?
也许它们在寻求补偿?

面向历史:战争岁月①

Ⅰ. 阿特热:在"鼓"酒馆②

1
为了本本分分鼓动顾客
为了迷失在一个门口
为了自由而身在监狱
为了被隔绝于云石纹印影面容严峻心不在焉

为了等待雨的鼓击
等待厩中我们看不见的马匹的踩击
为了就此被适时锁住
为了再次完全迷失
为了被转变而自由

2
跟我一起到门口的隐蔽处吧

---

① 这组诗是作者为伦敦巴比肯艺术画廊的展览而写,组诗题目也是这次展览的题目。内容涉及的是该展览的摄影作品。
② 尤金·阿特热(Eugene Atget, 1857—1927):中译名也为"欧仁·阿特热"等,法国著名摄影师,因对巴黎及其居民的记录性照片而闻名。这首诗取材于阿特热拍于1908年的照片《在"鼓"酒馆》,该照片拍摄一个名为"鼓"的酒馆(其店面有一个鼓的招牌)。

那儿没有雨,那儿我们可以
像初次剧痛的恋爱少年般
亲吻,似乎偶然

让我们用粉笔把我们的名字写在黑板上
让我们冻僵于门口的笼中
让我们永远,或至少今日留于此地
心击着鼓一如唱片爆裂声

让我们恐惧地穿过使得我们
衣衫褴褛又不让我们穿过的玻璃

Ⅱ. 柯特兹①:茅坑②

1
四个法国兵③在一个树林拉屎,面色严肃。

---

① 安德烈·柯特兹(André Kertész,1894—1985):出生于匈牙利的布达佩斯,现代摄影的先驱,其影像精致、优雅而富有诗意,对后世影响深广,卡蒂埃-布列松、布拉塞等摄影大师公开承认受惠于他。
② 原文为法语"latrine"。
③ 原文为法语"poilus"(一战中法国兵的绰号,原意为"多毛发的,毛茸茸的")。

死神注视他们,笑着,它的嘴角咧开。

生命是一阵哭声,然后是笑声。
身体①在前,垃圾在后。

2
在那树林可以听到快门轻柔的咔嗒声
像一根棍子的折断
或待发的枪支扳机的撞击?

3
像四股风。像一个低声的屁
将干净空气撕为两半,像滴下之尿。
启示录四名蹲坐的步兵。

4
轻吻他们吧,小树叶间的微风,
成为额上的乱发吧,舒松身心的叹息。

让他们卸掉并进入未曝光的未来的
黑暗底片吧,太渺小了,太晚了。

---
① 原文为"body",有"身体"和"尸体"双关暗示。

Ⅲ. 罗斯①：黄星②

眼睛被引到没有明智的人
会跟随的那一颗黄星。
驼背的男人们戴帽，那扮鬼脸的女人
她的眼睛鼓起，脸颊凹陷。

我们看了又看，直到我们在纸上
烧了个洞。我们，奋力从他们的
屈从获悉，但这超出我们的能力。
我们让它们焚燃。

Ⅳ. 杜瓦诺③：地下出版社

如果我再次全身心地爱上，就会伴随

---

① 亨利克·罗斯（Henryk Ross, 1910—1991）：二战犹太大屠杀中幸存的摄影师。他偷偷拍摄的某些照片记录了难以想象的犯罪现场，为纳粹暴行提供无可辩驳的历史证据。1961年，他的一些照片还促进了战犯阿道夫·艾希曼的死刑判决。
② 黄星：又名犹太星，是在纳粹德国统治期间，受纳粹影响的欧洲国家内的犹太人被迫戴上的识别标记。
③ 罗伯特·杜瓦诺（Robert Doisneau, 1912—1994），法国人文主义摄影的主要代表之一，与布列松齐名的大师。

这低矮的天花板,伴随两个谈论
他们手艺的男人平静的脸,
伴随现在转向他们
美丽,反叛又大方的她。

因为我们忘记了美如何一度为其本身
而非他物,如何在阁楼和地窖
持有它恒星的瞬间。

因为那是美之所是,这与
时间的契约,和专注于
一次颠覆行动的寂静,行动

需要勇气和牺牲
而从未无代价地到来。

VI. 休戴克[①]:树

领悟的时刻到来

[①] 约瑟夫·休戴克(Josef Sudek, 1896—1976):捷克著名摄影家,长于拍有树的风景,因其作品风格和主题被称为"布拉格诗人"。

正当下雨,正当炸弹落下之时,
正当原子在城市公园

像一次喷嚏爆炸
而进入黑暗,似乎它
是等候着的方舟。

你张开你的手,吹走
灰尘。你拣起石头
并掷出。你的嘴做出的圆O

完美如光线
而那棵树弯曲,又挺立
在冷漠的夜晚。

Ⅶ. 斯特隆霍姆①:塞尚

一旦我们柔软,轻盈又性感

---

① 克里斯特·斯特隆霍姆(Christer Strömholm):著名摄影家,1918年生于瑞典的斯德哥尔摩,其著名作品有《巴塞罗拿》(或叫《变性人》)等。

我们是蛇,毛皮,娃娃和可爱,
一旦我们是意外,如梦如幻,新风格,
润圆和回旋。

我们是品牌名,包装,时髦如隐喻,
无辜若肉体,易变似形式,
一旦我们是马蒂斯,塞尚,阿梅代奥①,以及更多,
我们随一场风暴而下。

风暴是已倾下且一直倾下之物,
一种浸泡,一种溺水,一种盘盘碟碟的丁当响
在天空中,引向五花八门的结果
形成岁月之作。

在肌肤下,骨头内,一个神经细胞中
有笑声,一种奇痒的愉悦
在腹部前倾于它危险的曲线之处,
突然,令人痛苦,明亮。

----

① 指巴黎画派画家阿梅代奥·莫迪里阿尼(Amedeo Modigliani,1884—1920年)。这里提到的三个画家都画女性裸体。

Ⅷ. 彼得森①：克莱申和一个男人

我看到了永世，就像这样，
一个男人和一个女人在穷街上的
一间酒吧里跳舞，在未打扫的地板上。

它令人绝望，黏附，标绘
在暴力和落魄，温暖
和广场恐惧之间的一点上。

让我倒转这些且接受恐惧。
让我面对落魄放下所有异议，
既然生命本身令人绝望

而不得不踩踏这未打扫的地板
小心地，爱意地，当酒吧
徘徊于永世。像这样。

---

① 安德斯·彼得森（Anders Petersen）：著名的"私摄影"摄影家，其作品沿袭了纪实摄影的传统，并将其发展为一种如同日记体的私人纪实以及对日常生活和当今世界的沉思。

IX. 克拉尔[①]：无题

它很少等待或向前走动，
它是人倚靠的树，粗糙的树皮
为前额所抵，
这独特的进程

生命呈现，在悬在时钟
和脉搏间的一天，碎裂
像裂开的
玻璃或压碎的砖。

绝望是一座你几乎没注意的纪念碑，
一座无法辨认的远方雕像，
对他人命运的评论的
一个脚注。

然后？然后呢？没有然后。产业
忙于它的生意。树皮

---

① 维克托·克拉尔（Viktor Kolár, 1941— ）：捷克摄影家，当代纪实摄影的代表人物之一。

安慰或不安慰。
生命破碎或不破碎。

X. 米哈伊洛夫[①]：无题

以前我目睹了虔诚，当耶稣基督
下十字架后躺在他母亲的腿上。
事件发生之前，他没躺在母亲的腿上。
虔诚跟随死亡、裸体和无主。

双眼迷蒙凝视我的年轻人，
你渴望着宗教的狂喜？
或者你已离世，你消瘦苍白的身体消逝，
在幻觉之外？

凝冻的土地。雪裹住田野和裸体，
信徒们戴着羊毛帽和手套来了，
侍奉着上帝，他直视着你，留下
印记和怜悯，而——这么做有何不可？——毕竟爱着。

---

① 米哈伊洛夫（Boris Mikhailov，1938— ）：生于乌克兰哈尔科夫，苏联最著名的摄影师之一。

XI. 琼森[①]：农夫和掘墓人

梯子从坟墓的底部往上爬。
掘墓人站在底部，
一个消瘦的老人在擦他的额头。

起初我们步行于地球，踩压它。
在我们之下，昆虫和蚯蚓活动着。
全部的地质层移动，以我们的
脚和心脏不能丈量的时间尺度。

我们的舌头试图命名我们。
我们的手试图抓住我们。
我们的头脑沉思着我们。

叶子推挤，草浪起伏，泥土倾下。
在我们的脖子埋在里面之前，我们走着，劳作着
瞬息间我们的眼睛吞噬着空间
我们的肌肤呼吸着我们未命名的空气。

---

① 琼森（Sune Jonsson，1930—2009）：瑞典纪实摄影师，作家。

但我们写作哀歌,并把它们
刻在石上,一种失重的
喃喃声,似乎我们是自言自语的宇宙。

XII. 居民区:维克托·克拉尔,1980

透过窗户在那光秃秃的山那边
你不能看到的
是放在桌上的手
是安静地躺在床上的
那个男人,是走廊里的年轻女人
含糊的手势,当
她记得昨天发生的某事
是徘徊于排水板下的老鼠
是放上一张维娜·布鲁特唱片的
十二岁男孩,他曾看到父母
伴着它跳着华尔兹。

所有你看到的是那近乎赤裸的孩子
在赤裸的天空下那近乎赤裸的山上,
似乎你所不能明白的是那问题
而她,是回答。

XIII. 亨利克·罗斯[①]：犹太人区的孩子

爱人，我们一度年少，赛跑于
粗砺的地面，用我们最闪亮的鞋子，
我们踢石头，我们摔在地上，扮鬼脸，

我们的膝盖脏兮兮，连同我们的秘密之地。
有着仪式和等级，有着策略和诡计，
爱人，我们一度年少，而赛跑

为了确定最初始的风度，就像
力量、速度和挫伤的能力。
我们踢石头，我们摔在地上，扮鬼脸

而我们这么做，没留下永久的伤痕
因为我们打仗又倒下只为迷惑
爱人。我们那时年少。我们一度赛跑

---

① 亨利克·罗斯（Henryk Ross, 1910—1991）：作为二战期间被纳粹任命的摄影师，罗斯当时拍摄了大量的生活和社会照片，甚至还记录下一些被迫害者在某个时刻某种状态下的欢乐，这些画面无疑会引起争议，但也增强了人们对历史以及人性的复杂性、丰富性的认识。

在聚住区,在营地,在为犹太人
而保留的凄凉的想象空间。
我们踢石头,我们摔在地上,扮鬼脸

对着弹力背带、鞋带、空的包装箱,
仿佛那是我们可选择的表情。
爱人,我们那时年少,而赛跑。
我们踢石头,我们摔在地上,我们扮鬼脸。

不管

不管你如何行动,它已完成。风
吹裙子沙沙响。雨模糊了
脸。早晨呈现
以寻常的模样。

不管你如何思想,那是思想。头脑
运行着,追逐自己的轻率
方案而空气
在运动中持续。

不管你如何隐藏你已被发现。炸弹
在路边爆炸
在它预定之时。密码
没给予保护。

不管你如何微笑嘴唇都会噘起。蹙眉者
在你身旁徘徊。天色已晚,
夜说着微妙的
谎言,它的星辰,纯粹的假象。

合组歌：门口的男人[①]

当我走过门口已很晚，这是
每个人都走向出口且心想着家
之时。我在门口停下
并在那里看。敞开的门外面
有一条走廊，办公室的人们
从那儿溢出，每一个被困在门口
一会儿。我堵住了门口？
他们没这么说，没有抱怨。他们的目光
凝视着外面街道，正如
任何凝视。门口的目的

---

① 在这首诗中，以"doorway"（门口，门，门道，途径）、"exit"（出口，通道，退出，离开）、"man/men"（男人，人，人类）、"gaze"（凝视）、"face"（脸）作为词尾反复交替、回环呼应。这首诗抓住人在某处偶然相聚时相互凝视的瞬间，在对人的心理的微妙探寻中，展开对人类关系和处境的联想和冥思。如同这种凝视的复杂性，诗中的语词也总在不断地粘合和脱离，比如"exit"这个词总在"出口，通道，退出"等词义的双关和暗示中来回穿梭，翻译难以尽呈其妙处（读者在阅读时，有时可以尝试在本译文译成"出口"的地方读成"通道"，感受另一种效果）。据作者在给译者的信中称，这首诗的主题是人（尤其男人）的状况。它关于人类（男人）工作的匿名场所，和在一个正在兴起的女权主义和数字自动化的时代中他们的未来，因此强调了"exit"（出口、通道）的思想。译者感觉：如果把诗中的"man"理解成"男人"，则可以把诗解读为这是一首关于同性恋的诗。

是让你通过，而非框住①一张你
或许记住的、清晰如你自己的脸，

在你可了解的范围那是你的脸，
尤其当它显现于门口
或玻璃中，仿佛它是他人的脸——
而现在这是另一个人的脸。
也许一张脸必定永远在退出，
在舍弃脸所是的东西时
成为自己，如同这张上班族的脸。
他有一张脸，一如他人，而他
显现的表情说着：看见其他那些人吗？
他们像我，但这是我自己的脸，
所以我在此，饮下你的想象吧，久久地
凝视我，与我自己的凝视相遇，

只要一秒。这是凝视另一人的
意义。这种对另一张脸的探索，是
我们描述凝视时要言说之物。
它饮尽了你，但呈出自己。凝视

----

① 这里原文为"frame"：正如本诗集其他地方，它又有"构想、构造、塑造""表达"等义。

是饮与被饮。这是入口,
通往你除了凝视无法了解之地,
这是空洞的黑暗,映现你的凝视
似乎它是一个即将退出身体的
声音,一个总寻找着出口的声音。
这是你的责任:凝视我,
在人群中挑出我
并识别我,因为我俩都是人。

而事实上,我们,我俩,只是
同于一地的人,然而我呈出的不是凝视,
不全然是,只是人给予
另一人的模样,一个空间——在那里人
作为人相遇而后继续前行,以
面对责任,为办公室
界定的人的事务,工作者的事务:
工厂地板,会议室,宽敞的门口——
对着诸多房间,另一种房间或门口,
直至那最基本的房间,它标示:人
你会发现那门旁标示出口。
这是一部喜剧:半为入口和半为出口。

但他的脸抓住了我。我不能就此退出

他的凝视,正如我可能退出他人的凝视。
这似乎在沉思,转向内,不退出
而只进入无出口的自身。
外面街道人来人往。或许有人一直
往下凝视,如同凝视最终的某个出口。
我欠他某物,然而不是一个出口,
而是一种认可:他的脸
已登记①,已进入我自己的脸
并将在那里。出口!出口!出口!
工作者喊着挤着穿过门口。
似乎我们真的堵住了门口。

这是我们的出口。这是我们共同的门口
进入和走出我们要面对的世界。
他让我走。我们分开。凝视
只是其自身,我们只是人
而万物席卷而过,经过这出口。

---

① 原文"register",它也有另一义项"显示"。

确切的[①]帕拉迪奥[②]

哦,剥落的帕拉迪奥神像[③]
嗡帕[④]的声音在背景幕上
　　　——马丁·贝尔[⑤]《献给格劳乔的颂歌》

1

哦,剥落的帕拉迪奥神像!谦逊的阳台走廊!
沿着大街的诸多银行,市政大厅,
办公室与办公室,教堂和教堂,
在那里,伟大的财神呼唤
而像鸽子留下他的存款!

---

① 此处原文为"apropos",有双关语义,除了"恰当的",还有"关于"之意。
② 帕拉迪奥(Palladio,1508—1580):意大利文艺复兴时期的建筑理论家、建筑师,其著作《建筑四论》对欧洲建筑界有深远的影响。
③ 原文"Palladian Palladium":这里利用帕拉迪奥与希腊智慧女神雅典娜(雅典娜的别名之一叫"帕拉斯·雅典娜"(Pallas Athena)的名字关联,而将帕拉迪奥戏称为"神像"或"守护神"。"palladium"(意为"帕拉斯神像"或"守护神")来自希腊语"palladion",而后者也是帕拉迪奥名字的出处。
④ 嗡帕(oom-pah):是一种深沉的铜管乐器演奏出的节奏音。
⑤ 马丁·贝尔(Martin Bell,1918—1978):英国"集团派"诗人,曾是西尔泰什在艺术学院读书时的诗歌教师。

柱廊。地产。天堂区
有着它的公园和别墅,
毛毛虫的银迹,
养蜂场,橘园,温室,
而在快车道的尽头,不可思议的哈哈笑声,
在那里乡村托利党的一个欢迎派对
迎候穿着马裤罕有露面的
萨利①的王侯;
半月形的窗户图案,
奇异的灌木修剪法有得体的风度
用史蒂芬·金②的低音喃喃自语,
优雅飘扬的旗帜,
白色的石头。白色的骨头。

2

有人沿着走廊演奏着莫扎特

---

① 萨利是英格兰东南部的一个郡,"萨利的王侯"只是作者戏谑之语,实际上萨利并没有王侯。
② 斯蒂芬·埃德温·金(Stephen Edwin King, 1947—):以恐怖小说著称,是多产又屡获奖项的美国畅销书作家。

和着节拍器的声响。琴键舞蹈
于灵巧的按压之下。
音乐是你可以测量的比例
在一根弦上,用一把标尺,但更好静寂
于呼吸。当它屈尊冻结
会产生建筑,
一个单音,阉人歌手,颤音
保留在鼻末,直至
它嘎然而止,存于内心。

3

想象能孕育身体
从未栖息的空间。它和谐地梦想,
越过家具与小配件:电冰箱,
微波炉,墙边的破椅。
这里有空间,给不完备的优雅,给
叹息与欢笑,给庭院上方的
高窗台,给漂流于纸上
又在一阵分开并部署族系的风中
被吹走的孩子涂鸦,给
幽灵般逐渐蔓至

楼梯井的潮迹,给
如玫瑰花蕾(只带有最
微量的干血)绽放
靠近厨房门的斑点。

4

想象是一种精妙的发明,
而这是一个它可栖居的地方
如一种其本身也是某物的不在场,
如一只不变出兔子的袖子,
如一种超凡的哼唱,
如一排修剪过的树木,
如被困于括弧的风,
如张驰间的平衡。

想象是辉煌的一击,伴以
其阿波罗式的痴迷,
算术里的算术,声音内的声音,
头际线的裂缝和切口,
内里小鼠
得以隐藏不满和恐惧

而仍没预想一切都终结于泪水，
倒塌的墙壁和倏然而过的大风。

想象爱着它完美的数字，
它的斐波那契数列①，
它的模数，黄金分割，诸多理论
涉及一个飞翔的楼梯而种种传闻
关于神在细节中②，在抑扬格和扬抑抑格中，
在照相机暗箱和透视法中，透视法
沿着普通街道③筛下，有一个私家侦探
潜过它微睡的小巷。

5

趋近我吧，低语这些石头。伸展你的手掌

---

① 斐波那契数列（Fibonacci sequence）：又称"黄金分割数列"，指的是这样一个数列：0、1、1、2、3、5、8、13、21、34……斐波那契数列在公元前的印度就已被提出，在欧洲由12世纪的意大利数学家莱昂纳多·斐波那契（Leonardoda Fibonacci）以兔子繁殖为例子引入，因此又称为"兔子数列"。
② 这里应衍生自"上帝存在于细节之中"这句谚语。
③ 这里原文为"mean streets"意为"普通街道""穷街"，其中"mean"又有"平均""中庸"等义项。

并测量我,我会顺从。
你可在我的光中涤洗自身。
当云朵飘过我纯净如天穹。
我是一个宇宙模型,没有黑洞
没有流氓星。我的太阳
没有风暴,我的海洋转化为歌,
居于你富于教养的耳朵——
宛若天籁。

我的海洋化为歌。歌是永存之物
持久之物,无论何种价格
谁为歌者。形式的明晰是明晰
在所有光中,在每种光中。甚至云朵也有明晰
领悟的明晰。气象中有明晰。
头脑中的黑洞是一个明晰的洞。
悬在热气流的海鸟群听到
风暴的明晰。看,我能引出一个明晰
诗行[①],萦绕你把世界洗得明晰的手。
耳朵的音乐洗净了眼睛。

---

① 这里原文为"draw a clear line",又指"引出(画出)一条清晰的线"。

译者①

1

有时你看到云朵漂流过城市,
天空的发明,
其中图像呈现而后石化
并永远在那里。

或,事物变化,以一种漫不经心
但持续移动。意义
消融于夜里,进入想象的
空茫教区,变成了一种相当可怕的

非在场。但在那里,
云朵仍像雕像或隐或现
有着脸,似乎人可以选择
看它们悬浮在想象的空气。

---

① 这首诗把诗歌翻译喻为云朵析读:寻找"形体",寻找"显现",也因此触及语言、意义、惯例和直觉等问题。

2

我在我的时间已跳到了结论。
否则你会跳到别的什么?
努力凝视语言之眼
而你什么也看不见。只有音韵

和标点符号。我已用幽灵的语言
与幽灵对谈,庄严的死者话语
急促含糊,我反而听到暗示之物,
风,在最后一根杆柱上的喟叹。

以前我母亲尚在,不时言说
但现在我只召灵她。我们
把图像塑成云朵,因此我们不因
缺少陪伴而饥饿。我们将沉默

撕成碎片,空间的音节。
我们被译成我们自己。天空
冲向我们。我们漠然观察它,
注视云朵移动,寻找一张脸颊。

3

我们看到了镜子在变暗的房间
渴望我们。我们看到死者
在我们的街道。我们已感到
我们的脸的恐惧,而脸呈现的外形

在它自己的镜中。我们应给它们一个形体,
所有那些无脸者,你和我。
我们应喂养它们,在它们石化之前,
在它们的云卷起,或逃逸之前。

4

在我创造我的拟像之前,我
如何了解我自己?饥饿者应如何
被喂食?听,天空愤怒。
众神要求被翻译。

北方的空气——一个匈牙利人的新地岛

像词凝结在北方的空气
　　　　——塞缪尔·巴特勒[①]《胡迪布拉斯》

经过许多混乱之后,我发现我们的话在空气中凝固,在它们到达听者的耳朵之前。很快我确认了这个猜想,那时,随着更为寒冷,整个队伍变得沉默了,或有点不愿倾听了;因为正如我们后来所发现的,每个人都能感觉到,自己如往常那样说话;但声音一传开,它们就被冷凝和丢失了。现在是一个可怜的景象:我们在互相点头和目瞪口呆地对望,每个人都在说话,而没人听见。有人或许会注意到一个海员,那海员也许在对一艘遥远的船打信号示意,使劲地招手,收紧他的肺,撕裂他的喉咙,但一切都是徒劳。

在这惨淡的困境中,我们在这里延留了三周。最后,由于风的转向,环绕我们的空气开始融化。我们的小屋里立刻充满了干燥又嘈杂的声音,我后来发现是辅音的噼啪声,它们在我们的头顶上破裂,并经常混有一种轻柔的嘶嘶声,我把它归因于字母S,其在英语中如此频繁地出现。很快,我感到了一个低语微风般跑过我的耳边;因为一种柔软而温和的物质,立即融化在穿过我们小屋的暖风

[①] 塞缪尔·巴特勒(Samuel Butler, 1613—1680):英国诗人,其代表作是拟英雄叙事诗《胡迪布拉斯》(*Hudibras*)。

中。很快,随之而来是一个个音节和简短的词,最终是整个句子,它们或迟或早地融化了,因为它们或多或少都凝结了;所以,我们现在听到了一切,它们在我们一直沉默的整整三周被说出,我是否可以采用这种表达。现在是早晨很早的时候,但,令我吃惊的是,我听到有人说:"约翰爵士,午夜了,船上的船员该睡觉了。"这,我知道是领航员的声音,而经过回想起一些已忘记的事,我断定一些天前他和我说过这些话,尽管在此刻的融化之前我听不到他们的声音。我的读者将很容易想象,全体船员是如何惊讶地听到每个人都在说话,而看不到有人张口的。在这种我们都身处其中的的巨大惊喜当中,我们听到一连串的咒言和骂语,持续了很长一段时间,一个非常嘶哑的声音发出,我知道这属于水手长,他是个相当暴躁的家伙,之前在他以为我听不见他时,他就抓住机会咒骂我;由此我曾几次给他吊刑,同样我会因为他的这些虔诚独白而继续这么做,在我在船上抓到他之时。

——"新地岛",骑士约翰·曼德维尔爵士日志,约瑟夫·艾迪生在《塔特勒》杂志第254期(1710)引用说明：

约翰·曼德维尔爵士[①]：冠以他的名字的游记[②]创作于14世纪。有英语、拉丁语和其他语言的版本；原著用法语写成。这在中世纪非常流行，很大程度是因为它所包含的奇异故事。这不是一本真正的游记，而是对早期作家们的一种汇编。这位作者于1372年在列日市去世，埋葬时的名字是约翰·曼德维尔，但这应该是一个虚构的名字。

Novaya Zemlya（俄语："新土地"；以前在英语为人所知，荷兰语中仍作Nova Zembla，是一个群岛，属阿尔汉格尔斯克州，位于俄罗斯北部和欧洲极东北部的的北冰洋。新地岛主要由两个群岛组成，被狭窄的马托奇金海峡和一些较小的海峡分开。两个主要的群岛是塞威尼（北）和尤兹尼（南）。新地岛把巴伦支海和喀拉海分开。总面积约90650平方公里。

1. 寻找北方[③]

没有指南针启程了，但你的鼻子

---

① 约翰·曼德维尔爵士（Sir John Mandeville）：14世纪英格兰骑士、旅行家。
② 《曼德维尔游记》记述了旅行者数十年的旅程，描述了中东、印度、中国、爪哇岛、苏门答腊岛等地的风俗，对当时的欧洲影响巨大。
③ 《寻找北方》和《北朝南》两诗均按"abcabc、dfedf..."的韵脚按韵，中译本没有跟从。

嗅探着确然之地和冷静的判断，
过去的道德纬度，在风的背面，
伴以保暖衣物的充足供应
而每一种精神装备，是
头脑寻求方案的旅行者的

梦想。我乘坐的列车长如黑夜，
长如记忆。它在出发时
拖延了一下。我面朝铁路边的
条条街道而感觉坚强。我聆听
冬天的嘎嘎声而忆起往年
严酷的冬季，寒雪中被剥得

皮肤裸露的那些可怕撤退，但
我正向着一切将最终
得以阐明的北方，而这给予我
凭借眼睛直视北方的勇气，
因为在其背后，我会找到美好之
词，每个人必定恳求的美好之物。

火车震动了，我们再次上路，
吸烟者挤在后面的车厢，
老人们看着报，有些女人在做梦，

怪孩子沉睡或哭叫,似乎痛苦
或者无聊。似乎北方是我们永远
无法抵达的厴景。似乎流过窗户的

土地是幻觉。欧洲,是我们的
家园,但正是一个地方意念
引领我们往北,往居于内心的
真正的起源地。我们注视一座山
跌进黑暗,而我察觉自己的脸
映在它上面,在那些我们当今

正在探险的处女地上。假如此时
你在我身边你也会感觉
这激奋鼓舞。冰硬化为光。
这是我们即将抵达的澄明之地,
事物清晰坚硬之核,从未
融化或消逝,而随黑夜更为璀璨。

哦,历史,如果你能言说寒冽的
语言,如果你一度奔赴北方
进入自身凝冻的心,我们或仍
对着同一乐谱歌唱,丢掉你已
让我们携来带去的包袱

而最终幸福地，开始忘记，

因为这是北方，不管其寒冷
如何昏暗陌生，乃至异在于我们，
在那庞大鲸鱼沉潜又从冰盖下
跃起之地，我必须探寻，那是我
渴望被讲述的传说，于是我
可以睡眠或做梦了，或不能，我喝醉了

像所有剩余的、成群地穿越雪地的
北方船员，毫无知觉，又无比温暖。

2. 进入新地岛①

进入新地岛水域时，我们的词凝结
因而，不管我们如何开口，没有声音出现，
世界静寂矗立，像鼻前结冰的气息

像固体云，像一个不定型的框架

---

① 《进入新地岛》和《想象解冻》两诗均按"aba, bcb, cdc, ded..."的韵脚按韵，中译本没有跟从。

为着一个失去的世界,那里生动言辞的回音
仍可能被寻得,仿佛所有的赞美或责备

或亲昵或刺耳都居于彼处,而我们每人
在被迫的沉默中,可能会凝想
神秘之物,且莫名地希冀违背某种

记忆的内在法则,不管如何迟晚,去
追寻就在那个地方已被说出的东西
我们离开它,我们的历史,心,它们破碎的

精确日期,当它们仍热炙于
我们的嘴中。但也有恐怖
与忧郁,因为我们中是谁已忘记

我们长久保存且在旅途中
运送的死者,美丽的死去的爱人,拿着
步枪和炸药的年轻人,那些

站在街角的人们,那些安静的未被唱颂的
由于房子肺一般坍塌
而压在战争瓦砾下的身体

当空气从房子被清出,那些洗过的、
摆出来的尸体,还在为面包排队的老人们,
吊在水泥院子的首领们,那些匆忙的

裁定,那些监狱……但你能为死者做些什么
除了将他们存储于寂静中,在冻结于你面前的
一朵呼吸的云中?领悟,恐惧,

希冀与期待……历史是死亡
在我们国家被回想。童年是这朵
凝冻的云,这消逝的拿撒勒——

从那儿我们开始行进。我们感受这稠密得
不可穿透的蒸汽的亲吻,在声音
被困于它宛如寒冰的省略号之处。

真心诚意,我们已来到新地岛。空气
硬脆,贸易线前景开阔,船体和龙骨
井然有序,库存供应充足,稀缺的香料

向潜在的伙伴开价,在一场我们
筹划的交易中:藏红花、素心兰、我们的生命——
如果必要。但这里,我们在密封的

沉默中，在里面凝冻，丈夫们，妻子们
和孩子们，我们中没人敢挪动。
我们之中，是声音还是冷冽的空气，幸存于

新地岛？那寂静仍在证明。

3. 想象解冻

一种在我们头顶爆开的辅音的噼啪声，
曼德维尔写道。我听到机枪开火的
噼啪声，炮弹在街上爆炸。我们的床

在我们被隔离的小房间，我兄弟
和我。我们的辅音在我们头上
弹跳，神秘的，看不见的裁决

在外面的世界之上，世界已随秋天
而变灰，进入冬天。因为生病我们
错过了刺激之物，它离我们

不太远，实际就在下面，在我们无法用

可以处理的辅音来解释的
尖锐哀鸣中。我的父母等候收音机

来填充焦虑的空间。那些战斗者是谁？
谁的声音像枪声在世界爆裂？
我们自我的标记，仅是我们所玩的

小三角旗，只有我们的玩具兵携带武器。
在那里，一种新语言正被发明出，
新的"啊"和悲痛的"噢"，新的音节模式

从中生长出，流放那个气味独特的
抽象词，失败和怨恨那发酸的
形容词，永远的**失败**和怨恨，以及所有中

那个最奇异的名词，一种又苦又甜的
显现，在荣耀和胜利间的某处，荣耀
和胜利显现在一座已倒下的

雕像的巨足上，显现在它倒下的记忆中，在
噪音，可怕的噪音，以及所有
那些书写自己故事的辅音的记忆中。

但那时我们只是两个小男孩，在
三楼上面，正从猩红热康复。
我们不会说毁灭我们所居城市的

语言。关于它以后我们会学得更多。
只有后来，我们才掌握它仍然原始的
语法并解释在它历史中

刚刚开始的吼叫。实践增强了言说的
下颚。而很快一切噼啪作响。
元音开始流动，辅音解冻。

4. 北朝南

我们住在北方，这里海水并不
足够冷到将舌头冻结在嘴的屋顶。
这里，辅音久远的噼啪声
是钞票的唰唰响，一种几乎不能兑换的
古老货币，他们只在这里以南
那没落之地使用。很久前，在电子风

还没开始吹拂时，新闻是一种

开放庭院的叹息,我们记得似乎
永远卡在时间电梯的声响,在
一座被遗忘的公寓,老者垂危于
高天花板的房间,且不会被
周到的邻居,或住在同层懒散

但聪明的毕业生发现。我们会跑上楼,
在南方国家那里,在可拆叠的
靠椅上做爱,聆听世界在它少被
提及的事情上咳嗽、唱歌或哭泣,
觉察床的上方夫妻吵闹的说话
或隔壁老妇人把她的收音机

关掉。凝冻之物可能依然如故,
像水槽边白冰箱的白噪音,一次
含糊的放松随之是麻烦。这意味着
事物的运转。然后在非凡的一天
冰开始融化,冰箱的灯闪烁,
在房屋之中,有一种激动。

我们得学会没有寓言和编码地说话。
我们得设法理解意外的解冻。
冰箱里的死者已开始歌唱,以

一种我们可能理解的语言,道路
覆以沙砾。交通通往交通
法则。必须有一个为着一切的时代。

也许天气在新地岛已转变。也许
此刻噼啪响的辅音会通告它们
一直与之同眠的元音。也许枪声的
标点符号和呼吸声彼此相像
多于我们所认为的,而在收音机的
声音风暴中,那些喘息、轻敲声,

爆震和尖叫声,准备创建一种
我们能忍受的过去。一九五六年。
半个世纪的旅程。整个童年在一条
漏水之船度过,有个垂死的船长兼队友。
旧名字从属于一种嬗变的物理学。
"希望之角"在某处被假想为"美好"①。

---

① 这里涉及好望角(Cape of Good Hope)的典故。好望角,非洲西南端著名的岬角,曾是西方探险家去往富庶东方必经之地。作者把"Good"单独放在句末,除了"美好",又有"善"之意。

摔跤手约瑟夫·绍博之歌

1. 兔子,1944

以前我是一只兔子,此刻又是。

回到黑暗中,当炸弹开始
掉落而屋顶着火,我们穿着睡衣
跑进院里,并在沟渠
蹲下,一如外屋伸入
空气的玫瑰,而黑灰盘旋,群鸦般。
　　　我们趴着,望着火势蔓延
于我们的小领地,兔笼远在那一边
因而我们没看到摧毁,
但当一切告终,我们独自伴随
一阵烤肉味,兔子们消失了,
只有几卷毛皮和发黑的碎骨。

　　　　　这是早晨,露水
在煤渣中的草茎摇曳。灰尘纷飞
钻入我们的眼睛,当寒风凛吹
房子干净。我也战栗如兔子,我的眼睛如同
安哥拉山羊不安的樱桃红
在一团雪的薄雾中。我似乎听到它们的
哭泣,看见它们翻转颤抖,警竖耳朵,

一些嘶叫，其他尖叫，朝着
刺穿它们的光矛。我看到它们在露水中的
眼泪，看着它们化为血水
渗入软泥堆的水坑，
颗颗小水珠，幼小的玫瑰花蕾。

我兄弟和我叫喊着，战斗着
在阳光中，仿佛我们已中了
一些罕见的病症，一种抽搐，一种意念
如长软毛的毛球，一种飞行的胚芽，
有着当我们互殴时让我们
颤抖不安的爪子，直到我们又再
鼓实肌肉，直到我们的母亲
在门口叫喊，我们爬起来
直起身，仿佛时间本身已停滞
并令我们凝固。

　　　　那些兔子几乎
与我同龄，此时，它们已消失。
我看见一株灌木摇动，像一只兔子的鬼魂
啃食它脚下之物，在荨麻、阔叶草和一朵
蒲公英绒球的白花之间，
我弯腰采摘蒲公英，

吹走它，一如我们自己也被吹散。

于是我们漂游四方，我们孤身一人，
我们行踪未定，我们去向不明。

那时我对这些毫不在意。
我妈妈又在叫我。我任由花瓣之翼
随风飘散，而回去
吃早餐，回视楼下的残迹：
一张烧焦的桌台，几张破椅，
而平静地继续做我们自己的事。

2. 伦敦，1959

青山，雾水，还有一个发酸的晦暗大海
以它的头撞击混凝土，给予
赠品衣物和工作，我们多么爱你，正当
我们摸索你的种种方式，试图
选择你的语言，穿过在淡季小木屋
确实彼此相似的日子，
沿着步行区和桥墩，在啤酒池
和随风吹散的纸之间。我们多么疑惑你种种

异常的娱乐观念,你的圣诞欢呼你的
教练房,你的悬崖路,你的小酒馆,你的冷湿被单
和灰白毛毯,你的茶叶罐
茶杯茶壶套,你的消化饼干,你
生意红火的商店,你的硬糖和梨形糖果,你
寡淡无味的晚餐。我们成为了
你行走的陈词,与
灵魂玩异乡人的游戏。我们声称拥有你的
诸多礼仪。我们渗入你短促的下午,你的
六点新闻,你对着电视观看的
运动。这是一种超凡的努力:进入你
那些楼梯两上两下的
房子,你的郊区,你的小城溢出的
新阳台,你的贫民窟,确定我们可持有之物。
而今我们在这儿,悬于一根丝线
被命运喂养,摇晃,被同化,被接受,
被安顿。在这儿我也躺卧。在这儿我能搁下我的头。

3. 镜中的约瑟夫,1965

当我端详我的身躯,我看到它占有
一环空间。我感受我臂中这

受控的能量。我注意到专注而无情的
眼睛,当它权衡着种种选择,紧张而轻盈的
臀部的摆动。我胃口大好,
为升组或分级准备就绪。
我感到肌肉的机制,深入至
骨处的咔嗒声,意识到
心脏、血在耳朵中嘶哑音乐的
嘀嗒—嘀嗒声。我能听到太阳穴隆隆声响
指令着四肢,当它们在周围空气中
探索空间。我的眼睛睁大。我的肺部绽放
并扩展到规整花园。我的脊椎
稳固,如同一座塔或一支伸进矿山的柱子。
我的手指伸展并弯向警觉我的神经需求的
我的制造者的意图。
我的额头宽大。不管什么最能喂养
世界的嗜血欲,我不介意额头是否
在剃须刀或撞击下流血。我观察审视,透过自己
脸上的面具,其他提问我须
应答的人的面具。这是我愉快的使命——
协助他们应答我永远给予
他们的东西。我的瘀青和骨折标记
我胜利的分数。我的臀部正是
一个摇篮隐喻,摇着我们俩。他们是

我的影子的座席,那倒坍之物,凝固着
我植入土地的两足撑起的证词。

4. 沟渠,1972

我是蒙面人,伦敦的佐罗,但我的脸庞
每夜都未遮掩,在镜中,在那空间
在我的眼睛之后,那里野兔相互追逐
穿过田野,而我独自一人
在杂草丛生的死水沟边
在草本植物、荨麻和被丢弃的
仍浮在黏稠暗绿中的垃圾旁——
棕雏鸟在非尘世的光中的
腐烂,而某少年留下的那本
浸泡着的奇怪杂志,满是裸体
现在只有陈腐空气的气味,
很像我自己的尸体及其粗糙的灰发。

如果我能用最清晰的词告诉你所有
我会这么做,但不知为何语言蠕动穿过
我的手指,像蛆或蚯蚓,在言说
我并非且从未为何物的

黏泥中,一个可理解的阴谋①乃至
一个仅运行于此的故事的部分,
因为这是我已奔忙其上之所,而只有
时间已滑过我,穿过
言说的黏泥,这尴尬的诗韵②
让我站在一条疏浚
沟渠的边上,对我说,看:这是你从中
起源的、也将消失于此的
丰饶土壤,在它里面没有耻辱,既然
所有物种在里面找到了属于它们的地方
而你也可以在里面浸湿你的裸脸。

5. 大爹爹,1978③

从一开始就是大爹爹,而我老早就在
黑暗的笼罩中,他站在那儿,肚子松弛
将我手臂扭到我后背,于是我能听到它在开裂。

———————

① 原文"spot"("小块土地""阴谋、策划""情节"等义),
  这里关涉这个词诸义项。
② 原作中,全诗有按韵。
③ 原诗三行连韵和换韵,即"aaa,bbb,ccc..."。

他就在我们抵达的海边的
一所寄宿公寓,拿着花边桌巾上
那杯奶茶和他们借予最近几晚的
碎齿钥匙。他就在我童年那个
我畏惧他的健身房,
而甚至那时他也从不纤细也并非竹竿
却是胸如圆桶,几乎
以一个潜在的大肚腩蹲伏
当他告诉我们伸展身体并让嘴巴闭上,
在那儿大爹爹们从一开始就是这样
尽管他们常常倚靠酒吧台面
或打嗝或挤眼但也从未走得太远
而你疑惑他们是怎样带着那块你用手指
抓它扭它的油脂板轻松自如
到处走动,而当你猛撞或闪开他粗野猛冲
它会降服,这是一种
你早已明了的技巧,如果你竟已知道:
那寂静的时刻,在你溢出环抱或舞蹈般
跳至一边之前,那里地板
已着火,抓住时机,
当较重的人平衡尽失。
哦,摔跤的美人们:我能告诉你们
这样的绝招,他们特有的味道

令你疯狂,地狱本身
也没有梦到他们之名;我看见
他们难以容纳于白色景框①——
他们从中爆发,犹如热气,陷于烈焰。

---

① 这里原文为"frame",有多层意义,如"框架、结构""骨骼、身躯""画面、景框""回合"等。

闪灵杰克

> 一个想得太多,感觉太少的人
> ——斯蒂芬·金

我了解他们,和他们在一起,那些人
思想太多,而感受太少。
他们没感觉到什么。可怕的时辰已消失。
他们在一个普通早晨醒来。他们吵嚷着
一个广袤而随和的头脑
直到感官本身似乎弱化为
一道几乎不能被描出的痕迹。

我想到在狂躁酒吧拼命努力的
杰克·尼科尔森[①]:扭曲的杰克,暴力的杰克,
恐怖者杰克,呆男孩杰克,大恶人杰克,
着魔的杰克,他注视摄像机轨道
穿过他不能适当感觉只能想啊想
又再看一次的空空酒店:关上的
门,餐馆,幽灵们,虚幻的

---

① 杰克·尼克尔森(Jack Nicholson,1937—):美国演员。这首诗涉及的是他主演的电影《闪灵》(*The Shining*)。《闪灵》由斯坦利·库布里克执导的恐怖片,在这部电影中,作家杰克·托兰斯为了安心写作,接受了一份工作,在冬天为一座偏僻的豪华旅馆看门,他带着妻儿入住旅店后,被幻象逼疯。

思想人物穿越原初
空间，一幕又一幕，
不留痕迹，整个地方原始纯朴。

他能感到一个意念正在到来？它
在声道上？它在某个外屋
暴烈的磨刀石上磨着斧刃？
喂。你在那儿吗？如果在，你孤独吗？
要是一个意念翻滚，穿过寒冷的你会怎样？
你的防御有用吗？你害怕吗？
我想那是他们正在思索之物，当他们摸着
自己的脸。那儿没太多可感觉的。从未有许多。

合组歌：论跳舞[1]

（给海伦）

钢索舞者摇晃于两个悬崖之间
似乎在下方等候的不是死亡
而是那天早晨他离开的床，似乎悬崖
是睡眠之所。舞蹈于崖间
是他的职责。因而语言也必须舞蹈
在意义和废话的喻象悬崖间的
一个空无上方，两崖间的
裂口为绳跨越，震颤如
被弹拨的吉他的弦。一根细弦
会震颤：一行诗，一个句子，都需要悬崖，
一种降落，一次呼吸，音步的跳跃沿着
一根似乎总是太长的绳。

因为在那里，渴望另一边
很自然，悬崖间的距离

---

[1] 在本诗中，以"cliffs"（悬崖）、"below"（在下，下方，低于）、"dance"（舞蹈）、"string"（弦，线，细绳，路径等）、"long"（长的）或"along"（沿着）作为词尾反复交替、回环呼应，翻译难以体现此诗式。在本诗中，"绳""弦""线""路径"等词义可以用同一个词"string"来表达，在汉语中不得不根据上下文用"绳""弦""线""路径"等不同的词来译出"string"，诸多原因，让译文折损不少妙趣。

是渴望的总和。这就是我们渴望
悬崖和距离之因。而生命不长
当从悬崖高处俯瞰。下方的岩石
几秒即可触及。我们似乎属于
它们,有时我们几乎渴望
那些岩石,那种坠落。这就是我们舞蹈
而不行走的原因,因为舞蹈的精神
是奢侈,当它迈步时或长
或短的跳跃,因而我们弹拨丝弦
借助精准压弦以形成音乐。

一个女人以弦来界定日子。
她感觉它们在收紧。她的生命已太长地
绑在一根徒劳的心弦。
最终,她的身体纤瘦,一根细弦
磨损在往昔和现在的
贫瘠悬崖之间。她对弦及其晃动
了解太多。她不希望拉长
弦一般的时日。她已走在悬崖下方的
风景并爬向峰顶。回荡于下方的
是不能在崖间的弦上演奏的
音乐。她听到他们在下方
舞蹈的音调,知道那舞蹈的步调。

但那是舞蹈的魔力,在一个
跌落之地的上方。绳弦
形成音乐;其长度和高度,唯一的舞蹈
在我们的能力中。从未有舞蹈之王
只有其时间仅长如绳弦的
舞蹈者,我们走向我们头脑
聆听到或释解为舞蹈的舞蹈。
当然,我们知道它们是喻象的悬崖
(因此我们制作喻象)但它们真实如悬崖。
我们感觉高度,将之化为舞蹈。
我们呼吸空气,在下方空间的那些岁月,
晕眩于诸如上方/下方的概念。

一列火车停在当地火车站。脚注在一张
小小时间表下方。海报广告着一场舞蹈,
贴在那乡间门厅:路线下方
是生活方式①。多层停车场下方
一只丢失的鞋或手套,是一根巧合之绳的

---

① 这里原文为"forms of life below /the line",其另一层含义是:
"诗行之下是生命的方式。"

终点。攫住它。在这里没有什么
低于我们。甚至我们的最高音符,也低于
我们想象的,渴望并似乎
听到的那些。大街是我们所属之处。
在崖般隐现于我们上方(悬崖
即如此)的高层建筑下,我们
仅是行走之人。我们舞蹈于这样的崖间

伴和回荡于两崖间的歌声。
对我们而言,再没有什么比渴望踩在
紧弦上的完美舞步更自然了——
按压的颤动奏出音乐。*让我们舞蹈吧,*
歌者朝着下方的遥远回声歌唱。

故事讲述者

四个房子中的两个

先说第一个。我所知的是一座房子，或关于一座房子的意念，就其完全范围而言庞大而不可知，一座房子，在它里面只有部分房间展示自己，在它里面镜子要走进去，照片要消失于里面，在它里面椅子和床大得足以完全吞下你。我从来看不见这房子的任何一部分，看不到一个房间，没有一条清晰的走廊，它只是一个黑暗和光的拼凑物（主要是黑暗），包含着物体或家具孤零零的角。然而它的气味无法抵挡，它也有一种音乐，包括嘎吱声、私语、鼻息声；雨水在玻璃上面，树枝在窗户上方，有人打哈欠，有人在厨房唱歌，有人听着远处一个房间的收音机，一种音乐总在别处。这里有房间，墙壁潮湿得可以保证得风湿病，地板如此腐烂，踩在上面很危险。黑暗中有生锈的旧罐头盒等着割到你。有些房间里充满了仇恨，你能闻到它穿过楼梯。我不能开始数阁楼和地下室；餐具室、厕所和地窖；厨房低得多。这房子没有外面。自然是纯粹概念上的——一阵微风吹过一个敞开的窗口，书籍显示人贴紧绝壁或站稳船筏，扣在电线中或躺在坑中。有时一阵战栗穿过织物：房子随某个性梦而弯曲。你触摸你的肉，你知道它已膨胀。你尝到了盐。你可能会到处瞥见情侣们挤在一起，牵着手或嘶哑地喊着彼此。你可能会看到一人轻抱另一个人的头，感受一种脉搏，从一个房间走过，带着便盆或毛巾。

接着第二个。我想讲给你听的那个房子小得多,也特别得多。我只见过它一次,但通过我住在那里的母亲了解它。你首先要知道的是,它俯瞰着一个带溜冰场的公园。溜冰场在道路上,而房子本身依山而建。因此,可以站在上方一个窗户边,或在从顶层伸出的木制窄阳台上,透过光秃秃的树直接地看到池塘,池塘在整个冬天中一直结冰。当然从房子看,池塘上的人影会显得很小,彼此几乎难以区分,但如果他们知道你在那里,看着他们(单个人影在一个窗口或阳台上,特别是被期待的一个人影,更有可能被确认),他们有时会转向你并大幅度地摆手,手势夸张,也许是因为他们认识你或很想你,或因为他们只是想逗人发笑,特别是为了逗你,和他们的朋友们。从池塘挥手一定是一种有意识的、有意义的姿态。从窗户或阳台上,你的眼光可以顺着一行从池塘延伸过去的树木,直到冰冻的露天舞台,露天舞台被小灯柱照亮(谁知道你会看到谁在那里,他们没有摆手),越过它,经过横向的沟渠到街道尽头(几乎看不见),在那儿,你知道会找到剧院。所以,从窗口看去,剧院,舞台,池塘会构成三合弦。这是公园的吸引力。你把这房子看作可以眺望而不是生活的东西。生活在里面被证实是不舒服的,几乎是灾难性的,因为房子在地下的那部分,比最初看上去时要潮湿,房子在一个夏天买下。潮湿的气味只是在晚秋慢慢地出现,但在整个冬天持续和增强,进入三月才有所好转。然后气味让位于一种香气,一种丁香和金银花香气的漂浮,但到了夏天,剩下的唯一气味来自酷热中打开的窗户旁、置放太久的垫子的柔和燃烧,也许是一种来自天晓得的什么地方的、冷漠又不慎重的粪便气味。如果说房子有一个特殊的魅力,那所有的老房子都有,特别是强烈对比或移动着的光:夏天,暗黑的裂痕在明亮的石板上,春天和初秋,云一般薄薄的漂移的图案,穿过窗口或者在风中抽搐或猛然振颤的大树枝,而冬天,是气体的光和火光的运动。

然后是第三个。

然后第四个。

寄居蟹

随着人们变老和死去,某种东西在他们身体中变硬且渴望幸存下来。正是自我寻求着避免完成。看看这些脸。骨头浮现,鼻子突出,脸颊骨形成轮廓。这是自我的呈现,对时间陈述它艰苦和不可能的环境,时间当然不会聆听。尽管如此,一个人还是讲着笑话直到他突然爆发,另一个则对他的朋友们高声朗诵，这些词语居于他们的皮肤和衣服的褶皱里。两个人听到他们的话，感到放心，但愿在能说的范围内他们一直说下去，但愿它们仍是他们生命中的积极因素。岩石形塑着风。岩石从肉体下面浮现。但精神呢？苔藓在岩石上，油在水里，一种像盐一样的沉淀。我看着一只寄居蟹在霍尔汉姆①的一个水塘疾走。它令我确信"寄居蟹"②这个词语适合于这来回踉跄的小微粒。太初有词③。词来回疾走。语言凝固，又从波浪中浮现。

手

她的动作有一种夸张的优雅，一种既是诗又是粗俗的夸张的炫耀。这一如她的笔迹。她抓着笔高扬笔管，左右挥动手腕，龙飞凤舞。就在此刻，当她站在码头，她双手拱起和夸张挥舞，失去控制，绕向她的前额，拽着她的头发，捏着捻着她的无袖连衣裙。仍在逗引。

---

① 霍尔汉姆（Holkham）：英国诺福克郡西北部临海的一个乡村。
② 寄居蟹（hermit crab）字面意思是"隐士蟹"。
③ 原文"In the beginning was the Word"，这是对圣经"太初有道"（"In the beginning was the Word"）的回溯。

也许那是问题所在。也许她逗引的是她自己。对此有每一种理由。她的智慧和她的美丽都有同样野性的、粗糙的边缘。她脆弱，易受伤，而谁能抗拒那种魅力？坐在长凳上的地方法官不能。霍洛威监狱①更为粗暴的女神不能。世界上所有在哀号宇宙的教席的母亲们都不能。

而手完全有自己的生命。它们从来不是囚徒的手，而是全任自己的手，在它们自己空气的圆圈中，它们刚刚如此炫耀描画的圆圈中。

记忆人

对他人手指的触摸也许是最亲密的接触，当被恳求时：坐在桌边，与对面的人指尖触碰可以再造创造的火花，在这里有这样一种探索的亲密，当这样做时，会调动整个神经系统进入五个专注点。魔术师发出咒语，进入魔术状态：自我骑在皮肤上，指尖开发着仿佛魔术贴的表面，部分天鹅绒部分是毛皮，众猫在肾上腺素的一种冲击下从指间跃起。

既然我最早的记忆，属于一条其名可译为"园丁街"的街

---

① 霍洛威监狱（Holloway prison）：英国有名的监狱。

道的生活，我会称呼我的侦探为加德纳。他的影子，他的狱友，会称自己为加迪纳——这名字在他夹克口袋一个好像棕色的公务信封上被错拼了——虽然我们不知道这是否是他的真名。加德纳开始扭动绑绳下的手指，触到影子右手的中指。他自然很吃惊。起初他就说不出这手指是一个男的，还是一个女的，但他惊呆了。他意识到了他人的呼吸，他的温暖，他的声音说了什么，告诉他伸展，伸展开。他们在哪儿？当然在园丁街，虽然他们不知道这些。加德纳用他所有力量伸展着。影子伸展着。加德纳前面有一扇门，一个深棕色的简单事件中的一个深棕色的高大物体。他不知道他背后是什么。他们在自己的座位上挣扎，做相反的动作，伸，拽，让绳子蹭着椅背。慢慢地它开始松动了，现在他们能相互摇晃了，现在他们的脚踝发现可以踢一两英寸了，他们的肘部可以活动了，他们害怕倾倒。当他们的肩膀前移他们就像一朵花蕾张开，像一朵郁烈的花开放在花地毯，进入家具上光油的气味和楼下收音机传出的钢琴声。现在加德纳有只手臂挣脱了绳子，忙于解开身上其他绳子。他婴儿般踢着，身体四处割破了，而最后向前翻倒了，没有痛苦，靠着一张有柔软的垫衬物的长沙发，终于解脱了。

这是轻松的部分，我告诉她。我可以想象这个房间，门，地毯和沙发。我可以布置地方，没有问题。我可以闻到它，穿过它，打开或关闭它的噪音，调整音量控制，将我的眼睛转向左边或右边。毕竟这是唯一的虚拟现实，脑袋里的一个房间。所有的房间都是脑袋中的房间，她回答，甚至是真正的房间，但我能看到她有兴趣。好了，她可能可以打开或关上我，调整我的音量，现在起来并走开。只是，我恳求，在它们之间有真正的东西，有着真正的距离。太理论化了，她回答。确实，我反驳着。我把你甩在后面有多远了，我遗憾地想，那个真正的故事在这故事下边有多深？在那里，在这个高高的大厅，有高声调的音乐，可触摸的生活开始了吗？

当加迪纳告诉加德纳他父亲的事，加迪纳是好心还是恶意？告诉他，他的父亲是个瘦小的人，一脸倦容，他闻到烟草和老女人的味道？知道这些是否好？知道他，他父亲，是一个在姑妈们间溜来溜去鬼鬼祟祟的男孩，聆听着有口臭的白胡子老头说话，后者将在过多家具、过度装饰的房间里死去；加德纳本人只记得这一点，因为在某个时刻，在一次谈话中这对他变得清晰，就只要片刻就永远具体化了。他可以告诉加德纳任何事情。一个赤裸的男孩蜷缩在桌下，他说他感觉到他皮肤上的空气，尤其是通常未曝露的部分，而这感觉很好，因为在桌下，他可以看到袜子、鞋和脚踝从他那儿，进入它们自己的世界，留下他一个人伴随地毯上的空气和他的手。他告诉加德纳在他第三年的学校报告中写了什么,谁把他逼在初中学校的操场揍他,描述他流血的鼻子。当然,他可能在编。你编了出来。这不是发生了什么,而是影子似乎知道它的意义这个事实。我想最好你应感觉一点加迪纳的恶。你应怀疑他的动机。毕竟,这很可疑。谁会这样不厌其烦地了解你?你会吗?我问她。

她喜欢恶。人人都喜欢。加迪纳当然是恶意的。但他可以要什么?他想图谋什么?为何成为一个影子,并这样让你自己依属于某人?

你必定感觉到不可思议之物的自然比例,极详尽地演示出来吧。

我告诉她,当我每天早上从我的窗户外望,同一辆自行车靠在一根灯柱上。很多塑料袋挂在它的座位和车把上。它像一串暗淡的、乳白色的、鼓胀的葡萄,像压舱物让一种生活沉稳下来。那辆自行车是一种生活,但我很少看到它所属的生活。它很早就到来,而在下午某个我没在看的时候离开。这是一个失意的丰饶的对象,一个停在我的门外的象征物,一个真实的男人在它上面,从这里,在什么上面,运动,这似乎是一个悲哀的日常回路。我可以出去,触摸那些袋子或推倒自行车。我也可以是恶意的。但为何要启动一系列我一无所知的事件呢?

皮萨内洛[1]

机械革命将是一件优雅的贵族事务。我们特殊的油将来自蓝脉矿床。我们的燃料是繁殖于高地的意念。

从溜溜球，到缆索，到手腕上了发表的手表，我们的电压将根据一个纳米技术标准校准。我们将发明隆胸胸罩和一种生产重水的装置。十四行诗的微电路和弹簧捕鼠器的功率会对繁星宣传我们的能力，繁星迄今无法听见，但是，自此以后它们会沿着长长的隐形管、天线和旋转圆盘听见我们。当我们脱帽，会有斩首。当我们深深呼吸，尸体将从中欧公共建筑的窗户被抛出。

战争将是美学。血将喷射在薄如叶片的光弧中，穿过以节节推进来测量的田野。田野之下死者的骨头，将像梅卡诺[2]活动玩具的组件接合。你听到的卡嗒噪音是骨头在密谋。草唱着情歌。卡瓦尔康蒂[3]和但丁穿过自杀的树林。

---

[1] 皮萨内洛（Pisanello，约1395—约1455），意大利文艺复兴时期佛罗伦萨画派画家。
[2] 梅卡诺（Meccano）：一个有名的生产钢件玩具的公司。
[3] 这里指的是意大利诗人奎多·卡瓦尔康蒂（Guido Cavalcanti，1255—1300）。

爱华德·霍奇金组诗

爱华德·霍奇金①细思现实主义

秋天,我去了威尼斯,在那里,我迷失
所有方向感,在运河间。
带着湿袜子和漏水的鞋回来,
我在旅馆躺下,凝视墙壁。

没有方向感。不只是运河
还有小巷,空房,庭院;
酒店,那里推销员躺着凝视墙壁
想起秋天,翻着商业名片。

更多小巷,更多空房,更多庭院!
对于兰波们,是空茫,遗憾,浅棕色的
秋天纸币,成包的商业名片,
威尼斯,秋天逐渐溺死之地。

而浪漫在哪里?或空茫?让树木裸露的
遗憾的浅棕色制服在哪里?
威尼斯,秋天在此处逐渐溺死

---

① 霍华德·霍奇金(Howard Hodgkin,1932—2017):英国著名抽象画家、版画家。

它的悲哀，一桩取消的生意，一次外遇。

遗憾有统一的制服。树木裸露。
如能选择，我们应生活于此。
悲哀的生意取消了那次外遇。
秋天，我去了威尼斯，在那里，我已迷失。

爱德华·霍奇金细思月亮[1]

当它莅临我，透过绿窗，呈现绿色，
不是绿而是棕。当它进入眼睛背面
不是棕，而是黑，带着一种淡淡的余晖。
当我在夜晚醒来，它又是黑，
而后膨胀成一种金黄或带褐斑的黄。

当月亮升起，那寒冷之物冻结
并爬行于指甲下，伴以一种陌生的、我不能
很确定的噪音。当，最终，它挤过
双层玻璃，即是一种混和的合金

---

① 原诗押韵，其韵脚为："ababa, cdcdc..."。

经过可预测的寻常相位①：

现在盈满了，而后轻微凹陷，像一只旧足球，
在中间锋利切下，一片柠檬，
地板上最纯粹的冰片，一块稠密的
虚无。但这些女人是谁，
凝坐着，耐心地在大厅？

我感到她们的冷。她们的风度是
死亡的礼节，她们的闲聊关于月亏。
我望着她们，当她们升起
并以黑色小数字作衣。她们的星星挂在
衣柜。月亮在露台上等待。

爱德华·霍奇金细思午餐②

让我们在条纹遮阳篷下午餐。让那里
有干净的桌子，可以望见
无物移动的海湾，只有光

---

① 星座相位是指行星和行星间所形成的角度。
② 原诗押韵形式为："abcbac, defedf..."。

在白昼遥远的尽头之前
而凉爽的空气轻微掠过
预示着夜晚。

让它像刚打开的行李箱里的
衣服一样整齐。让那里有新鲜沙拉、
奶酪和瓶装美酒。让
那里有结实肉体的
手臂，身躯。让我们微微饮醉。
让最后的话是我所说。

让我们消逝，仿佛我们从未存在。
让床没有显示在那里睡觉的
那些人移动
枕头或用床单擦脸的
任何痕迹。让风掀动
窗帘，未被察觉，未被爱。

爱德华·霍奇金细思一件小事

暗黑框住细微的事物，因而我喜欢
把某种色彩泼进生命。

是否我躺在床上闷闷不乐,哀悼我

对伙伴或颜料的选择?这并非我的风格。
看,如果我这只手窝成杯状,闪耀的光线穿过它
而再多的沉郁也会解开。

或因此我临睡自语,而夜
很黑,如同绝望能找到的
最黝黑的狗,脱落她柔滑的头发

几乎到处都是。

献给彼得·波特①三首关于蓬托莫②的诗

1. 探访圣母：燃烧的母亲们

她说，但愿我们可以生于火
并死于其中，但愿我们的母亲们
可被召为火焰，或被其吞噬
而就像一切他物化为灰烬；
但愿从体内燃烧我们致使我们
自己最终离开的火焰
就此一次可以被平服……

我注视它们闪跃入生命，那
四处纷飞的长袍，偕同每个
将降世至光线中的孩子，和那些
漠然如木料（其必定被堆放上
以便持续燃烧）的脸：野蛮人的风度
永远在明亮的皮肤之下，
扬起燃烧的城镇的火焰。

---

① 彼得·波特（Peter Porter, 1929—2010）：诗人，生于澳大利亚，1951年起定居伦敦，作品包括《一次被咬，二次仍被咬》（1961）、《古今诗歌》（1964）等。
② 蓬托莫（Jacopo da Pontormos, 1494—1557）：意大利风格主义画家，其作品画面以缠绕的姿势和模糊的透视著称，人物似乎经常浮动在一个不确定的环境中，完全不受制于重力。

2. 以马忤斯的晚餐：一只空盘

盘子会空出，他们必享用干净。
神眼会把人从野兽中分开。
神恩会改变面包的性质。
当神子死去，酒就是血。
神恩存在，恩典或许
居于创造物的某处：无偿，免费。

3. 基督下十字架：不和谐于色彩论

这里，驾驭一切的是风。你会注意
那些有点令人惊奇的颜色。我出乎预料地
混合它们，例如，红，以粉红的
方式呈现，深于比以橘色方式出现的
黄。至于蓝色，泼出晦暗
如雨的柔和的蓝，似乎漂浮于色调间
因而整个强烈尖锐
或呈现一种尖锐的效果，一种舞蹈
如果你喜欢，表现着疯狂，那种翻腾，
那种蓝灰的沉降——你不能很明确界定
为哪一种蓝但让粉红眩目，

那是剩余物渗入其中或居于其上的东西，
而在底部，明亮的人物约翰，
心爱的门徒，流光溢彩，蹲踞而安静，
两足踞地如此之轻，你不会认为他托起①
上帝的死以及吹得世界
纷飞错离的风，于是万物流向
一种提升其变形物的恩典。

---

① 这里由画画的约翰不托起（支撑，"support"）死亡的基督身躯，而引申为他不"支持"（"support"）"上帝的死"。

合组歌：一月的电影[1]
（给克拉丽莎[2]）

当光是一部模糊的电影，似乎停留
在眼睛的表面上，像一种你难以
感觉或铭记的重力，你就可以
放心这是一月了。时间为了抓住
时间，既然无物移动，只有几片叶子
在风口战栗。至于其余的，是
那些东西的期望，它们也许如白昼
自然地想要停留，或等同于白昼，跟随
较厚的黑暗，既然整整一日
被给予了纤弱和不安，既然
我们在一部冬日电影中四处漂流，
两个影子人物在影子电影上

确信发现他们在电影中的角色
已被编辑为单个一月，其余的
随同多年的光和电影被丢弃；而

---

[1] 在本诗中，以"rest"（休息，停留，停息，其余的），偶尔是"arrest"（阻止）或"unrest"（动荡，不安）和"weight"（重量，重力，重物，沉重，重担）、"leaves"（叶子、书页）、"day"（日子，白昼）或"film"（电影，胶片，胶卷）作为词尾反复交替、回环呼应，而全诗在这种词的转换中左右逢源，关联暗示，翻译中难以体现。
[2] 克拉丽莎：作者的妻子。

在街外,往来是一部没有
时刻或重力的运动的电影,它的
幽灵们从没在一部电影中被给予信任
尽管电影不能没有他们。幽灵和电影
与一种物质相关。世界抵达又离开
并非如枯叶的搅动一般。
但那不是生命,你说,那只是电影
而电影不同于生命。此时,白昼
继续白昼的事务

从未孤立于白昼的往来,在那里
没有大街仅是电影播映。**如果你想要电影
去电影院吧**,它说。中午时老人们
躲在店面在午后憩息前
观望短暂的白昼经过。很快夜幕
就如电影顺着光线飘落而下。今天,
对于他们,犹如所有冬日,是单薄的一日。
对于他们,身体是一生的重量
须作为沉重之物到处携带,
电影不能减轻它,一日也不行。
他们是幽灵出没的书几乎
不可读的书页,不是你看到的

人行道被清扫的枯叶。每个人留下
一个幽灵形象在未曝光之日上
直到电影摄制组起身前往
另一场地。电影的叶子
从日历飘落，它，是那种电影，
那种生命。语言交织生命
抛弃之物，当，不可避免地，它留下
它的幽灵们，既然语言从未停息。
你的语言，我的语言。没有什么能
舒适地待在它的知识里。词离开
酝酿它的嘴，失重地四处掠飞
但有刺痛的能力。它只有借助重复

才获取重量。因而岁月的重量
聚于我们张开的嘴并任由
我们喘息。爱是太庄重之重物
难以轻巧言说。一串过于轻飘的词
在白昼的寒光，尤其在一月中
消失了。它是身体之重，
心脏之重，隐喻之重，是我在此惦量的
这个词"重"。我们的生活是电影的奔忙
它须在电影上，在大街上，在工作日上，
在一个想象的图书馆生命的重量中

承载世界之重——不管我们如何言说
它们不会停息。没有停息之点:

那也非我们想要,没有停息,只有
在一帧电影胶片上发现的静寂
带着足够的爱让我们度过寒冷之日。
爱是我们遗留之物?是时间留下之物?
是那雕像?爱是那庄重稠密之重物?

鸟儿们(组诗)①

调置时钟走动

时间缩回自身之中,蜷曲得很细小,
直到它不过是一个新出生的
孩子,或一只窜过墙边的田鼠

孩子躺在那堵墙的房子里。时间,被剪去
皮毛,与历史,并非时间
而是缺席,某种你可以硬塞进任何

空间的东西。正是浪漫的崇高
等待床上的我们,偕同它手中的日子,
偕同历史,变化,身体时钟

有序的韵律,腰部被掐捏的人类
沙漏中的沙沙响的沙子,
屏息等待一个瞬间,其静寂

---

① 本组诗是作者为妻子而作,一方面回溯一个女孩的童年、成长及与作者本身的关系,一方面又沉思孩子的成长,沉思塑造一个人现状的所有东西:时间、环境、历史以及神秘事物。原作以"aba、bcb、cdc..."的韵式,本中译未有遵循。

凝立就像为了人类便利而
小心摆放的家具,进入哪个房间——
人类关切排列成行,带着奇妙而纯真的

诸多要求,如:爱我。别在我头上
耍威风。努力成为一种安慰。
给我食物。授权我。让我绽放,

现在!生命短促,其内核纯洁
自我未破碎,永远在自己
身上合拢,最后诉求的避难所。

因而对于任何人要开始
与爱对话或在任何地方出发
是困难的,但伴有房间微妙的

稀薄的光,孩子脸上
柔和的色彩表,声音脆弱的外壳——
在里面它移动着,心的轻敲

在近乎不晦暗的胸腔内。最好为
升起的东西欢欣吧,既然快乐如此简单
而非凡,而从未犹豫于挑选。

小心那扇门

并不匮乏浪漫的崇高。它暴雨般
洒落在你的头上,绽放为
火焰。它闪耀着越过你头皮又收剪

山峦,留下灰白的死者抖缩于
烧毁的沟渠。它以巨型货车的体量
猛冲过道路,以塔楼式建筑

耸立,升起电梯井,读解苦难的
遗传密码,并让它碎裂如木屑,芸芸众生
消散。它快乐地自我爆炸

继又回归索求更多。它鞭打
硬奶油的大海,玻璃般砸碎它
又让它溢进低浅的避难所

在那里穷人们集拢等候它过去。
孩子之床是一粒尘埃,它在穿越
百万片草叶的旅程中标记,

类似的其他的千万光尘

它席卷而过,孤寂,壮丽,
无意义,当它静息下来,它安详地

漂浮开,带着未耗尽的能量。
历史亦如这般,它头朝前的奔进直冲
解释了古怪的不幸事件

钟爱权力,和大清洗的活儿,
胜于在干净衣服和
常规洗涤上的责任和坚持。

历史的英寸犹显距离的久远,
它诸多理念在高处
完美实现,无须那些征引个人权利

作为理由的人们的评论
与相助。那孩子躺在床上
凝视光的转变,当日夜交替

周又复始,全然无助。
渴念产生又消失。音乐在那紧闭的
门后膨涨而起,众长者踏步于门内。

着晨衣的女孩

那女孩大约九岁,着一件晨衣,
转身朝向相机,又对
摄影师回以微笑。这是受控的

瞬间。这是维美尔和戈雅,正在
形成的广袤大陆的裂缝,
几乎在别处,一个点,在那儿小径

在消失时犹显可见,令人麻木
又激动人心。你能看到早先的脸而
读着这晚后的。时间击打着鼓

它的手指因停于一处如此之久
而焦灼,但此刻它在此。看。就在那儿
在眼睛的晶亮中,在我们洞察并似乎

与她分享的先见之明的淡痕,如
事后认识和一个我们必须冒险(因为
机会无处不在)的猜测。

慢慢地,词"你"——开始

就她的情状致辞。你：摄像机
那亲密又麻木的温柔把戏。

因而让我们对她说你。你，认知的
敲击说。是的，那是带珍珠
耳环的女孩，贵族气派的

玛雅人，夏加尔①绕月旋风中
震惊的新娘。但这仅是对话，在
图像之间，图像招展如旗

以明示你的位置，在那儿你几乎
伫立在九岁，未来被引向你，决心
绝不像现在这般将你端详得

清晰无疑。某物正在行进，穿越
这灰字体的灰静脉。我不敢命名它因为
命名太容易。命名是我们占有时

---

① 马克·夏加尔（Marc Chagall，1887—1985）：居于法国的俄裔画家，其画别具一格，擅长于把犹太民间传说融入作品，呈现出一种天真朴实的感情和形象。

所做之事。我们叫它名,也即声明拥有它,
但这瞬间无人声明。图像在别处
让他人显影它,框住①它吧。

命名

你游出不可理解的水域,一条
本地的溪流携着购物袋,
旧鞋,枯叶,花瓣,经过滞留于

河岸的一串泡沫,在那里潮汐缓慢
流过低处的树枝,依照自己的
基因密码,一种象形文字,一切在摇晃

和挥动,流动的与飞逝的
交相融合。在这样的低音中,谁能
读懂一种如此喃喃自语的语言?

陈旧的毛细血管在它的皮下

———————
① 这里原文是"frame",正如前注所言,此词有多层意义如"框架、构架、结构""画面""构想"等。

纠缠和流血。我会告诉你你是谁,
流氓说。你就是棵小野草

我能绕到手指头。你这不可救的
软弱虫。我可以命定你①
除掉你。我能把你的身子扔出

有多远就有多远。在溪流的
灰色细线之外,在远岸,在遮蔽花园的
一堵墙后面,在它自己的

水晶片刻,自我听闻遥远声音的呼唤,
声音定会找到它,知其
内在的形状,但不是很好定位

要么在头脑中要么在两者都
栖息的奇异风景。风景是所有的回声
与距离。不可能从中逃脱

―――――

① 原文"I name you mine"(意为"我可以操控你")是由诗题的
　 "name"联想到"the bully"("流氓")对"name"这个词的运
　 用。为了对应诗题"name"的中译,我将整句译为"我可以命定
　 你"。

并览其整体。故而你,我的爱,在我们站立
之地,仅了解我所了解,听到彼此
用名字呼唤,不管什么名字,渐隐于

诸声音中,声音醒着,通过自身的破碎安抚
自己且让我们喜爱它们,而让
一种尖锐又甜蜜的呼叫,在耳中萦绕。

着衣

一个躯干黑暗中显露,衣裳多于肉体,
不可见的乳房的重量在高悬的
帝国线①和绕绳后边;空洞又新鲜

如空气般。它只是等候着你去
试服装的尺寸,去成为女人并变
丰满,不沉思为何以及

---

① 帝国线:也叫高腰线,一般位于女装上衣(或裙)的胸杯下。

何为的问题,进入包裹全身的
共同的紧身装,并优雅承担
此类事物所暗示的义务。毕竟没人

裸行于凡尘。因这缘故你
成为你所是之人?是否你独自
置身于黑暗中?是否早晨为自身

而疼痛?即便你是石头,如同
这位女神,你会越过你的固定物
渴望已一知半解然而

可协商的某物。作为孩子,你以
一种本能又饥饿的茫然凝视
应答着成年人的重力。你触摸你的

金发,手握成拳缠绕它。你装扮成
调情的模样。你在可控中游戏,
然后迷失,开始哭泣,对着你无法

摆脱的小绝望。但这是为你
而备的灵魂,这些黑暗中发光,
煤一般炙烈燃烧的衣服。

而笨拙的求婚者们，身着指定的
衣装，步出同样的黑暗，疑虑
他们自身的身份，希望跟随

已猜到的式样，一个成熟无忧的
浑圆在他们心中颇具份量，
而乳房挤压着布料，似乎是自然

坚持要它们这样，这乎有枪箭
刺穿它们，似乎发生就是一切
在洞穴中等待合拢又掀开的衣裳。

运送孩子[①]

作为孩子，你缓慢移动于广袤的
厨房地板，几乎无边的院子，
当爬行于两者，分钟向相反的方向

---

① 此诗题目为"Kindertransport"：德语，意为"运送孩子"，指二战前夕和期间一个有组织的救援行动，把犹太儿童从德国和奥地利等地运送到英国等地。

爬过。一旦你舍弃了助行架,
你在椅子的扶手和柜子
之间猛冲,以奇怪的艰难的方式

敲门,而你焦虑的母亲安慰和责骂,
以同样的尺度。但你的世界仍然很小
当你在车中发现,当一座山

叠入另一座,或一个大孩子爬上
藏有渴望物的高墙,难以想象的
领地,在父母授意之外的

其他地方。世界延展但永不会
屈尊给予整体的自己,你很快意识到,它
也没感到有任何义务解释

它的动机。但如果,就在你的眼前,
事情变化,快速翻转,消失或爆炸又怎样?
它间或发生。外人的帝国崛起

宛如众塔,成千上万的人散落在路上。
作为孩子,当他们凝静你移动着,离奇有趣,

能适应，好奇，携带你小小的

责任的负载。女孩和男孩。微弱的
性别线暂时地洗掉，在离别的匆忙中，
没有一句抱怨之言，在

飘送你前行的巨风中。为什么要浪费
时间在差异上，当恐惧强大的凝聚力
把时钟抓在一起，被转移者

在一个小角落或厢体中？从现在起
我们生活，敏锐的感官们说
依凭耳朵和眼睛而工作，留下的人们

哀怨的哭泣说。我们没有防御工事，
没有选择。这是我们去的地方。这是我们
所在之地。我们在这里，攀过篱笆，

进入他人为我们准备的、指定的空间，
我们是孩子，我们是浪漫者，我们跌落
在爱的花园，有着一绺绺的头发。

从前……

从前,这故事被讲述,关于
时间前的一个年代,我们可栖空间的
一个松动之点,当成人世界翻滚

经过我们,一个故事,在其中那
绝望的种族内化于脉搏的
击鼓声,永远安居于脸孔之后

我们制作,在那个时刻,我们发现
藏匿的宝藏,丢失的孩子,青蛙
变成王子,巨人或精灵弹跳

和升起,眼睛圆大的恐惧的狗,
有着金属鼻的女巫,那特别的形象
第谷·布拉赫[①]多年后才发现。我们与

生物们的对话,需要善良和勇气。

---

① 第谷·布拉赫(Tycho Brahe,1546—1601),丹麦天文学家和占星学家。第谷·布拉赫发现了月球正面南半部一座醒目的大撞击坑,后世将它称为"第谷环形山(Tycho)"。

我们不是在梳妆镜看到的自己,
没有牢固的界定,而是一种蜃景

看护和萦绕阶层的背面
当老师的声音模糊了下午
太阳早已在草下悄悄地溜走

远处的房子消失了,或很快会和
他们的幽灵居民逸过打开的
窗户,而上方的光是一个气球

漂入睡眠。当时代被打断而
零碎化,正是那时,身份增加重量,
有血有肉。当我们似乎懵然

相互吸引或坠向对方,正是那时
此刻醒于我们当中,一个
既太早又迟晚的时代

足以成为我们自己,教室用眼睛
点亮,梦以自己的方式运行,穿过
不平静的神经,夜鸟开始飞行

从树枝的烟雾到树枝的烟雾,而我们
生命的靛蓝凝结成我们或许
在某处遇到并作为你致辞的自我。

……从前

从前,神话仍降落在我们
周围如高高的影子,你自婴儿期
显现,就听闻身体呼唤走出

街道的雾,并在第一次进入
花园时,被催促要跟随,然后到
大门之外,那里,荷尔蒙翻滚就像

成群桀骜不驯的顽孩,半成年人,
而纯粹能量的狂风摇撼你
进入恐惧和孤独,正如孩子们,

向前跌倒,在你的耳朵深处
你能感觉血的聚集,然后去往
南方,进入世界,在欲望的迸发中。

生长的机理：想要完成的渴望，
而欲望之外仍是欲望，与
痛苦，尴尬，更多痛苦的期待

一样，在门砰然打开的
那个地方，在花园之外，
在街上，在隐喻，在隐喻之外，

进入身体，进入飞行，进入肮脏、怀疑
与传奇。孩子们向前跑，像军队
投身火中，听到远方的呼喊，混合

欢笑和死亡的炮火声。谁的话，他们
在说话？你能听到自己的哭泣，
在陌生的杂音中，或在他们喊叫的地方

奏起音乐的和弦？你躺在
你的床上。孩子痛苦地缓缓移动，
融入一个你、你自己补给的未来。

我远远观望，当瘦削的女孩们
自己玩耍，我太小了，对这游戏而言。
她们笑着经过我。我必须留在

我的童年一会儿。我已经错过了你,
我所预感的汹涌向前之物
没有为我,还没有。我在等待你的吻。

鸟儿们

有时你看到一个形状,它在眼中翱翔
且让自己寄居于心灵的器具,
部分光,部分声音,在沉默间,音乐和哭泣

从半开的抽屉唱出。你发现
自己凝视着它穿过卧室的门,被捕捉
在镜中,像自己不可理解的脸

被完美地界定,此外有更多光,
更多声音。有时我醒来,凝视
身边的你,仿佛在一个异域海岸,

一个物体抛在那里,一个空气的外形
锁住了自己,陌生,神奇且
有力,一个我几乎可以憋住力量

支撑的责任(心脏没有破裂),渺小
如一个浩翰宇宙的这一刻,
而,那明亮时刻的里面,是所有

这样的时刻、年份、岁月的总和。室外,
脆弱的鸟儿开始晨浴,叽叽喳喳,
争执不休,一种音乐的盲人点字法①

耳朵可以在骚动中追踪并破译
为多层的意义,你的脸
比我自己的易于理解,印象中

意义随处可见,如过剩的恩典,
诸多窗台,被单,床边的书籍,
轻柔地印在椅后空间上的

倒影,皱巴巴的衣服,床罩
有着它的山脚,地质学。宇宙

---

① 盲人点字法(Braille):法国盲人布莱叶(Louis Braille, 1809—1852)所发明的凸点符号盲字系统,盲人可以用手指触摸突点组成的文字进行阅读,也称"布莱叶点字法"。

抵达车站。你脑袋的形状

悬在广袤的前院,那里人群聚散
犹如密集的花朵,那里一切皆在移动
朝着街道之外,那里没有倒置,

只有,很少有,这受祝福的静止:爱你
和让你寂静的光。而缓慢如梦,鸟儿
从屋顶升起,雨燕、麻雀、画眉、鸽子,

如其一直所为,它们的形状
是一种纯语言的音素。你在那里,美丽,
宛如它们的口哨与连音符,它们的颤音,尖叫。

白噪音

当言辞失败,语言的噪音为何物?
所有的语言都是白噪音。它没有抓住
存在。它是纯粹的渴望,树林里

迷失的足迹,鸟的啼叫,遇难的船。
它脆弱如同我们,我望着雨

听着它掠过水面。我跟随着滴水

当它一次次沿窗户而滑落,
风吹着我,我,我,在门口,
有时我想象自我空白的地带,

它平常的窗户和光秃的地板
在此之外,有存在的
无限,我不知哪个更让我害怕。

在其他时候,心灵像一个星辰的
城市,而世界是一次
疯狂的发烧,像一个丰饶的梦

因而你的眼睛想要永远吸净它,
而爱,既然它是我想写的爱,
就在升起的尘埃中漂浮,爱人伴着爱人,

光的每一个巧合或把戏。
正是语言,像渴望,扫过它们
在存在的白噪音中。它们在飞行。

一个时代咆哮着经过它们,直到它们不再

飞行与存在。但这些言辞仍留
在空气中,似乎它们多少属于每个人,

似乎它们像风或雨一样普通
和在外面看云的每个人一起
形成面孔,生物,读着远处每一块斑迹。

沐浴与歌唱

她唱歌,当她正在沐浴。
八十八岁的寡妇。房子叹息
又在背景中得体地徘徊
移开它的眼睛
只听这一个人的声音。

太阳正游荡在花园周围。
这是她所有八十八年的太阳。
它没有特别的斧头要磨。
草都是耳朵,
没有嘴。树木不介意

这音乐。它们轻轻摇头
以留住时间。声音将扫净
它们身边的空气。她的口译员们
围着她旋转。她看不见的
评论家们站在旁边,笔记本已准备好。

春[①]

寒冷已消散,但下午
不是很温暖,这是三月,天空
发亮,不穿外套地走路
还为时尚早,而通向清晨有一个
干燥的边缘,我从自己身上升起,
她说,突然年轻于日历,
并试了几个舞步,似乎半醉
我只能疑惑这舞蹈
是否只是一种由淡淡的温暖带来的
特殊心境,或一种
蔑视时间的行为,一种态度
而不是真正的轻盈,更多的是梦幻而非事实,
但这是春天,似宜于跳舞。
还有什么可失去?为何不抓住时机,

由于冬季拖累了白天,我们失去
光和醒着的时辰,而时间,她说,似乎是

[①] 原作诗题特地采用意大利语"Primavera"(春),似有意把读者引向对意大利文艺复兴时期画家波提切利(Sandro Botticelli,1445—1510)的名画《春》的联想。

肉中的一块锤骨①，谁会选择
这样的苦涩，即使它们有所裨益？谁梦想着
冬季的舒适和甜蜜？我们，她说，
从真正的自我退缩，我们保有
远方的生活，而感觉我们站在悬崖
或峭壁边，在暗淡的光线中，在凝冰的寒冷中，
不在乎节日，装饰，歌曲
和表演，在一个身心交融的
无尽二月，所以这是一个人想跳几步舞的
渴望，因为舞蹈引领我们
穿过一扇敞开的门进入时间的背面
因而尽管我们沿山坡滑下仍似乎在攀登。

---

① 锤骨，耳窝中的小块骨头，与砧骨、镫骨组成听骨，借助韧带及关节连接成听骨链。

合组歌:纪念华盛顿州立大学[1]

这并不好,有时你不得不想到它,
萦绕于田园诗的早晨的可能性
像一个早晨在它的另一边
但不知何故,颜色更深,更固执,好像
还没起床,但还是睡着了,
仿佛永远,它的眼睛紧闭。你知道它
在你镜边睡衣里。或者你看到它
穿过一个敞开的窗,当它升起、下降
和变暗。现在风回升了:雨降下。
你穿过窗户看而感觉到:就是它了,
这是上方事物的模样,像一朵云,
一朵云骑在另一朵云上面。

要不你就忽略它,接受一朵不同的云,
单纯无知的那一朵,只是相信它,
向骑在云上的那张脸呼喊,
跟着它漂移,关注着云的形状,
读着云朵,读着早晨

---

[1] 在本诗中,以"it"(它)、"morning"(早晨,清晨)、"sleep"(睡)或"asleep"(睡着的)、"falls"(落下,跌落,跌倒,坠入)和"cloud"(云)作为词尾反复交替、回环呼应,翻译难以体现。

为了雨,雨的恩典,云的心脏
似乎你正穿过一朵
词语之云,而词本身睡着了
并梦着你。似乎词可以睡眠!
似乎词语跌出一朵神秘的云!
现在往外看吧,凝视,当雨像恩典
降临在上升和下降的万物之上。

在那战火蹂躏的世界,一个身体落下。
条条街道全是烟和云。
当夜幕降临,你骑着摩托车
穿过山谷,落下的或是一颗炸弹?
你做着梦,有着它的陌异性,
梦,记忆,宛若图案,清清
楚楚,逐渐熟悉。人坠入
梦乡,世界进入空间:早晨的仪式
有它的闹钟;有规律的早晨。
而这里,雨也快速落下。或远或近落下,
在生命上,死亡上。它降落,当我们入睡,
似乎雨本身仅是一种下落的睡眠。

有时下落的睡眠（入睡）①多么容易。
力量落下，时间，身体落下，生命也落下：
伴随痛苦，伴随屈辱，伴随破碎的睡眠，
短暂的清醒，在轻浅睡眠
和更轻记忆之后。年轻是一朵带电之云
裹满闪电。有时它在睡眠中击打，
它的丰饶压迫睡眠
然后爆出光和声音。它如此眩目
似乎所有生命都眩目。它可能
曾如此明亮，扰乱我们的睡眠？
一度生命永远运动，朝着早晨，
昨天早晨到明天早晨。

因而总有某些东西是早晨，
是关于我们的早晨的东西。酣眠之后，
我们倏然醒来。身体呼喊早晨：
时钟，鸟，光，无论何种早晨
皆匆匆抵达，在雷鸣般的脚步声中

---

① 原文这里的"to fall asleep"承接前段最后一句的"a falling asleep"，因语境中"雨""时间"的落下（"fall"），这里及前段最后一句似有"下落的睡眠"的意趣。

在意识裸露的木板上,早晨在那里
展示家具。欢迎,轻快的清晨!
身体枯萎,凋谢,消散如云
但记忆和云有自己的路径,
寻找它里面的光,寻找清晨。
看,它在那儿,它惊叫。看!你能看到吗?
清晨在那儿,而所有早晨在它之外。

快点,看,你能看见他?在一朵云的
身体里,像一个人移动的是什么?
我们说,*云朵啜泣*,是人类。*雨落下之时,*
*云朵在啜泣。*于是语言在睡眠中转变,
然后我们醒来,倏忽就是早晨。

池

1

离开分娩池
　　进入药玻璃
　　　　寒冷的厚板
　　　　　　身体在经过。

在城市地下室，在高高的
　　复合建筑①，蛙泳和爬泳
　　　跳水和跳板
　　　　尖锐的叫声，
　　　　　他们拨水而过。
我们生于水，
　　衣衫剥离，
　　　在鱼群中，
　　　　在分娩池。

---

① 原文"complex"，除了"综合（复合）建筑""综（集、组、复）合体"等义项外，还是一个心理学术语（"情结""变态心理"等义项）。

2

在鱼群中，在分娩池
在想象炙热、充满
硫黄的、蒸汽的地下，
机构在　谋划。

圆屋顶下，　柱子间，
大理石阶上　国家们
分化成　私人
耳语　的幽会。

布达佩斯　水域在深处奔流，
自岩间向上　沸腾，
然后居于　它们的盆地
像一个　狂怒的停滞的钟。

3

在这里性别
　分离日间一日。
　　　母亲和女儿抵达

进入池中并逗留

　　　　一二小时轻柔拨水
　　　向前转变为形式
　　而繁衍形式的
温暖的剧烈。

次日男人们悬于
　　黑暗，部分隐入
　　　树林，他们声音低
　　　　而清晰，似被清除了

　　　一些更高的频率，
　　父辈子辈，其炙热
　之能与其说下沉
毋宁说在此扎根。

4

水中出生，衣服剥去，
浴者已远离。

水愠怒而沉息,
折叠的花瓣。

但在肚脐和囟门①里
有物持续,一次潮汐的涨起

凝止,
温度下降。

你也在胸膛里感到,被抑制的
推力,一种喷雾器的

蓄积的灰尘,一个废弃的地域
迷失的深水

于是你继续前行,你喉咙的后部
有点干燥,灵巧漂浮,

拨水向前,以空气为袍衣,以
空气为食而未溺毙。

----

① 囟门:婴幼儿颅骨接合不紧所形成的骨间隙。

编草的人①

1

编草的人给自己做了一套
适宜的夏装,当草叶是他所需要的
穿着,当没有冰冷的风会探测

他的经纬线,而使他的头
可以让他沉默和无梦的记忆流血,
似乎草,滨草②和杂草,

可以包扎伤口,止住血口,或诱引
本性回到他一度熟悉之地,
到薄雾笼罩的田野,到池塘,到未梳理的

花园,到马匹间,到喂食和
喂水的牲畜管理中,到朦胧
苍白的拂晓中,似乎草,不知为何

―――――――

① 原作采用三行诗体"aba,bcb,cdc…"的尾韵,诗句的跨行和跨段,加上第三节特殊的处理手法(以"草"〔"grass"〕为主词带起一个个长长的定语从句),恰似编草者拿着长长草叶来回编织,从而令诗的体式与题旨相合。
② 滨草:长在海边的禾本科植物。

可以是他的嘴,他的嘴陈腐有味
伴随拒绝,当他四肢伏地,
他的嘴触及地面,在身后留下一道

悲伤的淡痕。他卧在树下
编着草背心、织着草袜子,
草靴,草贝雷帽,草短上衣和绑腿,

用损失的制服包裹自己,
在一次提前的葬礼上,据说,
而会有一些草陵墓或宫殿,和

一枚徽章给他,如同给草叶下的
其他死者,因为没有人类行为的自然
仅是自然,而自然之牙是红色的。

2

我认识过一个男孩,他盯视着草叶
想象着一种安慰。走向
一种自然必然律的指南针的蚂蚁

迅捷的生命：那是他应
掌握的把戏，似乎他的心
全充满了草，有它自己确定的

生物们的往来，不仅是一种朝向崩溃的
盲目奔忙，亦为一种平静的
凭直觉已知的、谁都可能屈从的

死亡，一个宇宙的绿色部分，
覆盖着地球：蚯蚓、瓢虫，
金钱蛛，青蝇璀璨的

光泽，当它朝着一枚叶片
漂流迷离，为了停留
片刻，然后离开，带着那厚厚的皮毛

相覆的声响，像一只磨损成透明的
小手敲打空气，或一片从天上
翻落的鱼鳞，想要挺身而起却又

被风吹送和推动。他看到苍白的
宛如地图的土壤世界，从中生长出
浩翰的密林，运行于一条

比他的焦虑更易控制的形迹,一个
真实于自身的世界,也以其
特殊的样式,公正于其居民们的义务。

3

草,涂污了裤子,膝盖
和肘部,因为争战和殡葬已
包裹了我们;草,卑贱地长在树下,

暮晚时犹显潮湿;童年森林里
草的地板,影子军队在那儿
编队行进,但更多的

草在铺石之间,沿着大街小巷,
穿壁而出,从擦掉全部
生物家族的滑溜溜的黏泥中探出;

内生长的、让血液变稠的、给骨头
敷上内膜的草;为头骨而在
里面安上垫的草;似乎从孔洞涌出

翻腾并用力挤过狭窄的海峡的
草；当闪电照亮头顶
整个天穹，洪水中因恐惧而

战栗的草；集结于耳中以免它
剧痛的草；繁茂于
肺部、永远定居于此的草；

在心脏的风中疯狂的、
倾斜展开的草，倚着悸动的心门
推挤的、茂盛的草；

我们平躺于其上、对着天空
恢复某种平衡感、伴随着
外来的鸟类和不安的青白的草。

4

毫不费力，编草者穿过
一个叶片的世界，似乎草无非绿水
而他是穿过诸多绿影的

游泳高手。如此天真的疯狂对世界
无足轻重,既然他是众多逃避
全面交战的枪声的、年龄模糊的

老兵中的一个。他依照图案编织
而图案令人宽慰。他是自己的母亲,
扣上自己的花纽扣。

草为他分开,又在他身后
相合,犹如水流。这是他的元素。
他了解它微妙的触抚,被移于一边时

扫过的光羽,它再次腾起的
弹力和柔韧,在干旱之后,洪水
之后,火光之后,在你能想象的几乎所有

事件之后。草不容怀疑。甚至此时
就在他上方,它正缓缓接近,确定
就如他吸入呼出的平静空气。

沃尔沃斯①

暗黑,星期三早晨,商店
被半封在细小之物的
无限忧郁中。包装纸,几十个
剩余的CD,几乎不够装一个手推车。
花园设备,办公文具……卑微者的
所有庄严空间,空出。童年矗立于那里:
糖果柜台,草稿本,分发温柔物品的
轻微厌倦者那些迷惘的脸。

世界膨胀,爆炸,流出光线,引入黑暗。
一根火柴在风中吹开。无物会持续。
一个弃在垃圾箱的塑料铅笔盒
抬起一只无助的眼睑,但决没造成不必要的惊讶。
火,引火物、火柴盒、烟灰缸……低贱的
消逝。低贱的日子。我们将是我们的死。

---

① 沃尔沃斯(Woolworths):世界有名的连锁超市。

附录

薄冰与午夜滑冰者①

1

在英语诗歌中,关于滑冰最著名的段落可以在华兹华斯《序曲》(*The Prelude*)第一章中找到。在1805年版的这本书中,年轻的华兹华斯嘶嘶刻画着"光亮的冰面,在游戏中/结成联盟,模仿追逐",身边是"大声吼叫的一群人,和被猎杀的兔子"。

……因而我们飞过黑暗和寒冷,
而没有声音空闲;随着喧嚣,
此时悬崖断壁大声回响,
叶子落净的树木,每个冰冷峭壁
发出铁般叮当声,而远处的山丘
则给喧闹送来异样的忧郁
之音……

正如华兹华斯的副标题②告诉我们的,这种体验是诗人心灵成长的一部分。天色暗黑。峭壁像铁一般叮当作响,而他感觉到在运动的激奋和山的忧郁之间有一种强烈的张力。

---

① 《薄冰与午夜滑冰者》是西尔泰什2004年获艾略特奖的演讲稿。
② 《序曲》的副标题为"一个诗人心灵的长大"。

另一个滑冰场景是菲利帕·皮尔斯①的一本儿童书《汤姆的午夜花园》的高潮。那个男孩汤姆发现了穿过后花园门的路径，从那里可以到达一个先前的时代，他和那个小女孩在一起滑冰。后来证实，那女孩是他仍没见过的老邻居。

他们滑着，那单薄而明亮的太阳已开始下山，而海蒂的黑影在他们的右手边掠过，越过了晃眼的冰面。有时他们在干流上滑过，有时他们沿着被淹的洼地滑过。只有岸上的柳树注视着他们，冰在他们经过时嘶嘶响动。

他们已不再说话或想东西了——他们的腿、胳膊和身体似乎以钟摆般准确的、不知疲倦的规律性从一边到另一边甩动——直到海蒂喊着："看，汤姆——伊利大教堂的塔！"

这是女孩的时间，汤姆在冰面上没留下痕迹，但是他们一起在河上滑动，河上所有东西都凝冻了，过去和现在浑然一体，溜着冰，彼此交谈着。皮尔斯在过去和现在之间的张力，以及华兹华斯在激奋和忧郁之间的张力是这两个场景的力量的一种重要因素。

---

① 菲利帕·皮尔斯（Philippa Pearce, 1920—2006）：英国儿童文学作家，作品有《汤姆的午夜花园》（*Tom's midnight garden*）等。

埃德蒙·布伦登①也写到滑冰选手。这是他的诗《午夜滑冰者》(*The Midnight skaters*)：

> 葎草藤秆立于球果中，
> 　　结冰的池塘伏在下方，
> 秆尖宛如塔尖，指向
> 　　星座，探测惊奇的港湾；
> 但那里的至高物，听说，
> 也不能测知这池塘的黑床。
>
> 在那秘密的水域里面，
> 　　难道不是死亡在观望？
> 他只想抓住什么东西，
> 　　地球不留意的儿女们？
> 只有一个水晶的护墙
> 此间，他设下他的装置。
>
> 而划，鲜血呼喊，划，划，
> 　　盘旋，转动疾驰于其上，
> 舞蹈于这薄而白的地板，

---

① 埃德蒙·查尔斯·布伦登（Edmund Charles Blunden, 1896—1974）：英国诗人、作家和评论家。

利用他,似乎你爱他;

追求他,避开他,踉跄而过,

就让他恨你穿过这玻璃。

布伦登生于1896年,逝于1974年,第一次世界大战期间曾当兵服役,战后于1928年出版了他著名的回忆录《战争底色》(*Undertones of War*)。他的战争诗比欧文①或萨松②的诗更少结论性的描绘,尽管萨松是他的诗的早期支持者。布伦登更为平静的写作气质、长期的职业生涯以及对板球的热爱,让他不太像一个战争诗人,而更像一个乔治时代的人,一个差不多说可以放心忽略的标签,但他这首诗已表明是一个受欢迎的选集作品。

如果说这首诗多年来困扰着我,我猜想,那是由于它象征性的力量或牵引,是它被聆听、阅读而消失之后随之而来的效果;一种在诗表面的脆弱之外的效果。《午夜滑冰者》不像寓言作品,它使用了不太明确的参照物:它保留了某种歧义,但似乎指向一个明确的地方,一个有吸引力的北方,这个北方充满现实气息却又超越视野,在视

---

① 威尔弗雷德·欧文(Wilfred Owen,1893—1918):阵亡于第一次世界大战的英国诗人,在战争期间写下其震憾人心的战争诗。
② 西格夫里·萨松(Siegfried Sassoon,1886—1967):英国诗人、小说家,以反战诗歌和小说体自传而著名。

野之外。但是这种歧义阻止了直接的识别。它沿张力的路线运行,往返于相当真实的磁力北方和相当真实的人间北方。忧郁和激奋,过去和现在并存:两者都生动,两者都真实。

2

出生于波兰的作家伊娃·霍夫曼①,在对语言丢失和文化重建的经典描述,即《迷失在翻译》(*Lost in Translation*)中谈到她的移民经历:她从有着浓密的、意味深长的光辉的家乡克拉科夫,1959年迁居到那片光线稀少而又单薄的城市温哥华。她说,她所思念的浓密和光辉部分是由于物理空间的作用——温哥华房子特殊的内部结构"很单调,缺乏想象力"。"没有什么把一座房子内聚起来,让它有一种隐私感,或深度感——内在感。"在此之外是语言的问题。在加拿大上学时,她和妹妹有了新的名字,而原初的名字,即使说出来,也发音不同。"我们名

---

① 伊娃·霍夫曼(Eva Hoffman, 1945—):波兰裔美国作家、学者。二战后生于克拉科夫,其父母在大屠杀中幸存下来。1959年,十三岁的她随父母和妹妹移民到温哥华,后在美国学习英语文学,从事教师和编辑等职业。

字的扭曲，"她告诉我们，"让它们离我们有一段小小的距离——但这是抽象妖怪进入的一个缺口……这些新的称谓，我们自己还不能发音的称谓，不属于我们。它们是识别标签，空洞的符号指向那些碰巧是我妹妹和我自己的东西……我正在成为，"她继续说，"一种结构主义智识活生生的化身：我不由自主明白了，词语就是它们本身。但这是一种可怕的知识……我没有内在的语言……言辞的模糊覆盖了这些人的脸，他们的手势有一种雾。"

霍夫曼的这一说法是对语言丧失和语言自然的一种非凡描述。它敏感且充满智慧。她告诉我们，从语言学的角度来说，能指已脱离了所指。意指着某个事物的某种声音正被痛苦地分离，从它所代表的那个事物被撕下：另一个单词正在取代它，随之而来不仅有字典的重量，还有聚拢的经验的庞大吨位：实践的、事务的、关联的、想象的和梦想的，然而没有一部分属于她。

当我们的四口之家在1956年12月作为难民抵达英国时，只有我的父亲说些英语，他讲英语合情合理，因为他充当其他难民团体的翻译。在军营停留了几天后，我们搬到了肯特海岸的韦斯特盖特，找到了我们的能指对应的、但我们没有直接经验的所指。首先是大海。我们中没人见过大海，尽管我们确实有"tenger"这个词，它的意思是"海"。"tenger"是一个从故事和神话传说、别人的谈话、电影获得的词：它有一组我们没直接体验过的意义。

把我们的旧词汇换成一套新的经验自然需要时间:因而,英国茶并非完全意味着茶,所以英国面包就并非完全意味着"kenyér"①。因为我们接收的茶和面包并不是我们过去习惯的。乔治·斯坦纳②在《巴别塔之后》(*After Babel*)中谈到了这一点,他谈到甚至沟通语言对于经验是如何的不充分:"brot"和"pain"③并不是单纯无变化的对应物。这不只是说,在德国和法国你会得到不同种类的面包,而是说这些面包还带来历史、文化和联系的复杂辎重。

家庭的决定是尽可能快地学会英语。我和我弟弟突然不再听匈牙利语了。我们听到的是我们父母的蹩脚英语、淡季寄宿公寓房东夫妇的本土英语和在商店、办公室和街上人们说的英语。

不是说我多多少少记得这件事。一切都已过去。这是一种创伤性的转变。我的弟弟整整三个月不说话。我英语学得很快,但对这个过程已没有记忆。这可能是因为我一时没有语言可以记录这一经验:你不能记录,你就不能探索或界定。学习和遗忘的时期是一片空白;雾太浓了,你既不能回首,也不能前望。比伊娃·霍夫曼的模糊言语更

---

① kenyér:匈牙利语"面包"。
② 乔治·斯坦纳(George Steinter, 1929—):法裔美国批评家、人文学者、翻译理论家,有《巴别塔之后》等著作。
③ "brot"和"pain":分别是德语和法语的"面包"。

糟的是，这是一场完全无法理解的英国黄色浓雾。这种雾的碎片和雾气继续笼罩了多年：今天依然如此。我猜想我早先去世的母亲从未完全摆脱过它。

"单调，可怕的知识，抽象的妖怪"，伊娃·霍夫曼的术语。词语是无生命的石块，充满了喧哗与骚动，却了无意义；积木和石头，比没有意义的东西更糟糕。

3

甚至对于讲母语人士中最原生的本地人，我也不认为这是完全秘密的知识：在这个年度系列演讲中，上一届得主顿·帕特森[①]指出，简单机械地重复一个词，足以让我们体验到意义从应包含它的声音中逐渐流尽。我们认识到语言的可怕真相：它们的任意，它们的绝望，它们的空洞和缺乏实质。语言，似乎只不过是延展在未充分发展的黑暗事物上的薄薄的一层习俗，而对那些黑暗事物我们除了恐惧和渴望之外，一无所知。

我怀疑我之所以记住布伦登的《午夜滑冰者》，是因为在其他事物中，它为语言提供了一种令人难忘的隐喻：

[①] 顿·帕特森（Don Paterson, 1963— ）：英国诗人，2003年获得艾略特诗歌奖，早于西尔泰什一年。

语言是一种薄薄的冰层，在一个铺着黑床的、深不可测的池塘上。伴随着上方的黑暗和下面的黑暗，冰有不同的厚度、透明性和可靠性：它是动态的。它融化，变厚，支撑和给予。滑冰者穿过它，一度忘记了下面的池塘，布伦登告诉我们，一个池塘，死亡坐在那里，设下"他的装置"观望着，他厌恶溜冰者，乐意让他们摔倒。

　　布伦登呈现给我们的冰面不仅仅是一条路。它是一个表面。它可能很薄，但它折射、聚集光线和色彩，产生反射，容许让人惊奇的优美动作的可能性。滑冰者也不仅仅是旅行者，那些不得不因公差到某地的人；他们在那里：因为尽管有风险，他们还是喜欢滑冰；有人可能会补充说，滑冰不仅是偶然的需要，而且是一种高贵的、有效的快乐。

　　我猜想，如果我自己不能记得学习英语或忘记匈牙利语，那就相当于：从冰面坠下，但仍幸存于浸泡中，并被从水里拽出来。

　　与此同时，有熟练且有天赋的溜冰者，在冰面上滑动，因"技术水平"和"艺术感受"而得分，像潜在的、获得多组完美六分的奥运会冰舞冠军托维尔和迪安，溜着"8"字形。

4

我不想对此过于展开想象。让自己的隐喻带有一定的反讽意味，是明智和恰当的。柯勒律治在幻想和想象之间做了一个著名的区分，而诗人的危险之一就是，不知不觉地从后者滑入了前者，或者真的从未进入后者。是，很棒的见解！那么？

但这不仅是一个见解。我认为语言的寒冷，它潜在的恶作剧和背叛，是某种我们都能感觉到的东西，就像我们能感觉到黑暗的水、冰下几英寸以及就在我们头顶的黑暗天空。

托马斯·洛弗尔·贝多斯[①]，浪漫主义时期颇具詹姆斯一世时代风格的作家，在19世纪20年代超越他的时代写作，他在戏剧《最后的人》（*The last Man*）中写道：

> 嘿，嘿，好人，善良的父亲，最好的朋友——
> 这些是生长的词，如草和荨麻，
> 从死人中长出，而带斑点的仇恨隐藏着
> 像在它们中的蟾蜍……

---

① 托马斯·洛弗尔·贝多斯（Thomas Lovell Beddoes，1803—1849）：英国诗人、剧作家和医生。

好人，善良的父亲，最好的朋友。这些词有多危险，而那些隐藏着的蟾蜍和带斑点的仇恨何其美妙！它们在冰面下的哪个位置？近在咫尺。我们不幼稚。我们明白真理往往会自我转换为老生常谈，然后是陈词滥调，然后走向它自己的对立面。我们明白，词语不仅可以成为惰性的声响，还可以成为诡计多端的、善于操控的骗子。

　　　　嘿，我们已讲得很清楚了，
　　　　嘿，整个社区都在哀悼，
　　　　嘿，一个生活在恐惧中的城市。
　　　　嘿，恐怖分子。唉，自由斗士。
　　　　嘿，好人，善良的父亲，最好的朋友。

罗兰·巴特[①]在他的《神话》（*Mythologies*）中，在对一宗指控法国农民谋杀英国贵族的案件分析中详细说明了这一点。巴特说，司法和媒体所使用的专有术语都借之于低劣的资产阶级小说。演讲的术语和口吻是一种决定结果和控制辩论话语的一部分。农民的语言被排除在这个过程之外，而这种决定他命运的语言，他不能触及。

　　并不是说我们自己是操纵技巧的门外汉。我们了解

---

① 罗兰·巴特（Roland Barthes, 1915—1980）：法国作家、思想家，著有《写作的零度》《神话》《S/Z》等作品。

狡辩之词和衰落之词。我们了解，语言是我们用来保护自己利益的武器，正如它似乎保护别人的利益。当涉及我们自己和我们的利益时，我们过分地多疑和敏感。我们第一次被一个我们可能关心的人称呼为"亲爱的"，电压是高的，功率几乎是压倒性的；下一次就少些，然后越来越少。或是我们这样认为。可能会这样，不是吗？也许这个词开始有其他意思了。它是同样的词、同样的声音，但是冰面已磨得很薄了，而溜冰者在它上面继续着同样的老把戏，一次又一次地。

生命是艰难的。我们用语言来训练对我们在其他方面无法表达的、说不出口的、未充分发展的生命的控制的程度，而坦率地说，谁能责备我们？*我该得某些东西。我是受害者。别人欠了我。我有一种道德权利。我不会被责备。*我们已设计出了整个连导的控制装置，可能会早早呈现出磨损，必须定期更换才能正常运行。

但我不太关心操作，而更多关心诗歌为何物，以及它面对经验如何处理真实。我关心的是冰面本身以及我们在它上面做什么。19世纪的法国诗人马拉美认为，诗歌的使命是净化部落的语言。雪莱将诗人描述为*世上未被承认的立法者*。这些是荒谬的声明吗？

我首次开始写作是十七岁，一个朋友给我看了一首他认为不错的诗。它为一个彼此认识的人所写。这是首次有人给我看我认识的人的诗，我立即感觉到，相当强烈地感觉到，它很糟糕。它很糟糕，因为在我看来，它夸大和使用了对其主题似乎过分的宏大词语。换句话说，它有意无意地撒谎。当时我并没有这么说——我甚至都不能明确说出这个想法——但那一刻的感觉改变了我的生活。在意识到这首诗不真实之后，我立刻感到了等同又相反的命题的力量：真实可以被告知，诗歌是可以用来告知它的形式。

　　我已意识到，真实并不是一件简单的事情。它不像这个或下一个声明。真实，全部的真实，唯一的真实，并不完全是关于证据、信息、数据或可证伪的陈述，而是一个特殊又顽固的复杂性问题，在其中包含着理解的各种相互矛盾的层面。经验不是一个稳定的图表，而是诗歌渴望理解的一系列转换平面：无论忧郁还是激奋，无论过去还是现在。这是在冰中它们之间的奇妙张力。诗是真实的载体。

　　就像许多改变人生的重大事件一样，这是一种本能的决定。无论如何，我开始写作。之前我很少读诗，我不熟悉马拉美和雪莱，但我知道我们所用的语言混乱模糊，一种更清晰的多维度的语言可能是某种可以诉诸的东西，正如人们可能会诉诸一条法令。

　　布伦登把冰描述为"水晶护墙"。水晶告诉我们结构、折射和角度，护墙告诉我们防御和坠落的可能性。写诗是一种在冰面上运动的方式，感受脚下冰的精确厚度，感受它下面无意义的恐惧。

5

托维尔和迪恩①在其全盛期时，在这个国家吸引了大约两千四百万的电视观众。这可能很大程度上归因于爱国主义和对竞争的热爱：人们喜欢胜利。但是，两名滑冰选手正在获胜的这项运动并不容易判断：在大多数运动中，优雅对结果而言是次要的或附带的，而冰上舞蹈，在这方面恰好是一项运动。在最高层次上，优雅很难绝对精确地被断定。有复杂的主观性。不过，竞争所要求的优雅范围并不完全秘不可宣。这两千四百万观众对他们所看到的东西有一种见解。他们下判断。最终，他们运用了像"动态的诗"和"纯粹的诗"这样的词语，表达某种东西。换言之，他们有自己的见解，关于诗歌本身可能涉及的东西，关于在诗意中呈现的意义和价值的范围。

那些成年后从未读诗的人的确对诗歌的功能有一定的了解。他们将它理解为纪念和庆祝。戴安娜王妃的逝世产生了数千首朴素的短诗，如同生日、婚礼和其他常见的仪式。不太有诗歌天赋的人会明白，我们称之为诗歌的独特的语言方式，比说明性文字更能实现一些东西：诗歌不仅

---

① 这里指的是杰恩·托维尔（Jayne Torvill）和克里斯托弗·迪恩（Christopher Dean），两人为英国著名的冰上舞蹈选手，曾获得奥运会冠军。

仅是一种修饰性的说话方式,而是具有一种功能的东西。

他们所写的诗歌通常贫乏如诗歌:松散的韵脚,打油诗,陈词滥调,近乎多愁善感:但这并不意味着这些作者或他们的诗歌涌出的感情本身是粗糙的或可以被忽略。正如对产生这种类型的写作和演讲的需要的本能理解,在此我所关注的(那些潜在的无心的谎言反对那些潜在的留意的真实)并非作品的质量。

我现在想与上一届得主顿·帕特森,就他的诗歌观点展开争论,他认为这些诗歌"纯属善意""业余""愚蠢"又"糟糕"。他认为,有些诗是这样的,因为它们是由错误的人所写。"只有诗人才能写诗",他说,又进一步阐发:"首先你得说谁是诗人,谁不是。"

在我看来,似乎完全不是这回事,有很多很多原因,而我只能说一两个。比如,有完全没有其他价值的作家们所写的许多一次性诗歌,或一组组的三四首诗。另一方面,相当优秀的诗人亦写过若干很糟糕的诗歌。然后,也有不同时期,有时写得好,有时写得不好。

重要的是诗,而不是诗人:或者,说得更清楚些,是出现在诗中的那个诗人,而不是那个声称我们必须对"诗人"种类做出判断的人。

"首先你得说谁是诗人,谁不是,"帕特森说。但是"你"是谁呢?"你"是如何显现和声称权威的?我想,在这个国家,大概有五个主要的诗歌出版商。在不同时代,两、三、四名编辑是发表彼此作品的诗人。他们可能正当地宣称，他们正处于一个位置上：告诉其他人"谁是诗人，谁不是"。

事实上，我并没拒绝接受他们的选择。一般来说，我信任他们的判断，这种信任达到我欣赏他们自己的诗的程度。他们是聪明的、敏锐的编辑，基本上他们所出版的都是好诗人。他们并没有——正如我自己的编辑所表明的那样——形成一个诗歌警察部门。他们不能逮捕你。在他们各自出版社的权力范围内，他们完全有权对一个作家的状态发表意见。毕竟，这是他们为之付出酬金的东西。但我的确反对他们在布伦登的整个结冰池塘上贴告示，说要远离冰面。此属私人财产。只允许熟练滑冰者。须持有委员会发放的许可证。

这不是关于精英主义或才能的争论。我很清楚，才能和成就不是均匀分配的，也不会受愿望实现法则的管制。这是关于权威和傲慢的争论。而它不仅仅是一个私人争论：它是关于诗歌的感知和本质的争论。

帕特森指出了两种危险，就像他看到的那样，一方面是民粹主义，另一方面是后现代主义。我将不把后现代主义纳入我的讨论范围，因为在我看来，他用这个词松散意指的那些人，在后庞德意义上实际是现代主义者。我更感兴趣的是他对于民粹主义的想法。他从没界定这个术语，只谈论了"满是烂诗的鸡汤选集"。我知道他可能在说哪些选集,但如果他举出一些烂诗实例来说明的话,那会很好,因为"烂"是一个自行生效的词语。"**是的,那只是你的高见,伙计,**"正如"督爷"在《谋杀绿脚趾》①说。我不明白人们为什么会有鸡汤的问题。任何一个真正饥饿的人也不会。他们应该怎么做?挨饿,直到他们可以吃委员会决定称之为蛋糕的东西?

在我的教学中,我经常注意到这样一个过程:诗歌理解并非像帕特森认为的那样,是一种学徒式的结构。更确切地说,有某个特定的关键点,在此点上诗歌的本质第一次被理解。踏上冰面的第一步,包括了解冰面的要点和关于冰面本质的某种东西。事实上,这是对某种我们自始至终有所了解的事物的领悟。一直以来,我们知道下面有什么东西:我们一直感受着脚下的冰面。

帕特森说,真正的诗人从来不是业余爱好者。我的想法有所不同:我们以业余的方式开始,而我们的学徒生涯只有当我们理解可能以谁为师时才算开始。理解的第一个时刻是紧张且愉悦的时刻。在那个阶段,新学徒是否成为著名的"专业"诗人不重要,因为理解的时刻是重要的:它不仅涉及对其他诗人,而且涉及对整个人类事业的诗歌行动的意义的一种理解。在人类事业中没有私人池塘,而如果

---

① 《谋杀绿脚趾》(*The Big Lebowski*)是一部于1998年上映的美国喜剧片。"督爷"(Dude)是该影片主角的绰号。

诗歌至关重要,那是因为我们,我们所有人——从多愁善感的打油诗的作家,到《荒原》或《诗章》的作者,乃至真正的《着陆灯》①的作者——都能感觉到我们脚下的冰面。

6

诗歌居于所有文学之首。它出现在我们母亲子宫的搏动中,在我们的心跳中,在我们的童年摇摆中,在我们对名称的学习中,在我们的命名中,在我们天马行空的幻想中,在我们对语言事业的任性和胡言乱语的警觉中:它的荣耀的恐惧和激奋。

帕特森将一首诗定义为"只是一件为了自我记忆的小机器"。我不知道一台机器是如何自我记忆,但无论如何,我认为诗远不止是记忆术。我记得年轻时广告的叮当声:

> 你猜黄色去了哪儿
> 当你刷牙用白速得!
> 有了极棒的肥皂粉红佳美牌

---

① 西尔泰什在这里一语双关,既指帕特森获2003年艾略特诗歌奖的诗集《着陆灯》(Landing Lights),又以现实生活的着陆灯暗指其与冰面的关系。

你每天看起来有点小可爱!

我从没费力记这些,但它们就在那儿:完全有效的、居于我们的记忆中的小机器。

我们记得这些,如同我们记得流行歌曲或童谣,因为它们的联想方式和语音模式。滴答滴答钟声响①。衣尼米尼迈尼末②。花园里绕来绕去/像一只泰迪熊/一步/两步/在那儿挠他痒痒。

我始终珍藏的一个可爱的小鸡汤选集是奥尔德斯·赫胥黎③1932年的《文本和托词》(Texts and Pretexts),其中有辅助说明和诗文类别,如:麻药、把戏、胡话、诗的朦胧和魔术。在魔术部分,赫胥黎有一句12世纪的咒语:

马和帽

马儿跑

马和稻草,嗬,嗬!④

---

① 儿歌名。
② 儿歌名。
③ 奥尔德斯·莱奥纳德·赫胥黎(Aldous Leonard Huxley, 1894—1963),英格兰作家,属于著名的赫胥黎家族。祖父是著名生物学家、演化论主张者托马斯·亨利·赫胥黎。
④ 这里原文为"Horse and hattock,/Horse and go,/Horse and pelatis, Ho, ho!",有很强烈的音韵感。

声音模式确实是一种有用的记忆术，但它也是一种神秘的、可能有效的咒语，用来触碰宇宙的秘密杠杆。如果我们偶尔猜想它能够影响物理变化，那是因为它提醒我们，语言可能只是一系列荒谬的、任意的声音，但通过声音命名我们使世界变得易于理解，因而可以控制。我们找出强制性的韵律、强加的声响和模仿的魔法噪音，它们的神秘力量平衡于信仰与怀疑、意义与非意义、激奋与忧郁之间的刀刃上。

在莎士比亚的《第十二夜》中，小丑费斯特对薇奥拉说，他不是奥利维娅小姐的傻瓜，而是她的话语腐蚀者。在莎士比亚看来，"傻瓜"永远是话语腐蚀者。"傻瓜"喋喋不休，或许乏味或许诙谐，或许两者皆有，但他有必要让中心人物想起萦绕着他们最严肃、最强烈的意图的胡说。"傻瓜"提醒我们，语言是腐蚀性的；冰是薄的；在冰上嬉戏，制造出模仿我们脚下暗流的杂音，对着遥远夜空的星星欢呼，对我们的健康是必要的。没有"傻瓜"的诗歌不是诗歌，而是一种凄凉的伪装。一旦李尔王完全陷于疯狂，"傻瓜"就从戏剧中消失了，再也不说话了。

"傻瓜"说，语言是我们只能通过在它上面嬉戏才可以验证的东西。

……血液呼喊，继续，继续，
在他头顶上盘旋，转动和疾驰，

……《午夜滑冰者》回应着。乍一看，**盘旋**、**转动**和**疾驰**，是奢侈的姿势。滑冰者通过在上面跳舞来试验和证明冰面。同样地，诗歌明显的分享了奢侈之物，以试验和证明语言的承载力量。大多数诗人仍然乐意把华兹华斯原创性的《〈抒情歌谣集〉序言》谈到的那种诗歌语言，当作某种接近"人们真正所讲的语言"的东西。他们小心地避免诗歌措辞、古语和浪漫的陈词滥调这些让人疲倦的惯例：由一种极好的、街头乡野的杂音写下的口语的真实，在品咂时感觉是新鲜的。与此同时，我们也知道这样的谈话不是诗歌；诗歌不只是简单的口语，它不断地把注意力引向它的差异。我们可以看到，由于分行，由于它引人注目的韵律，由于它诗节的安排，它是如何不同；我们可以看到它由于所有那些**盘旋**、**转动**和**疾驰**的装置而不同；这些东西提醒我们，我们是在舞蹈，而不是简单的前行。

明显的奢侈和图式正是舞蹈的核心，是深刻认识我们的纯粹技艺，而别的东西不能，是布伦登"**薄而白的地板**"的在场。诗歌是一种在语言地板上的舞蹈。它的闭合远非人们想象的那么容易；它从来都不是一种言说可以直说的东西的漂亮方式；它的图式并非约束，而是解放。

韵律是众多形式手段中的一种，让我们疏远过分的意向性决定的词语而解放我们。我遇到的第一个已出版作品的诗人是马丁·贝尔[①]，他于1978年离世。他在艺术学院做一周一下午的诗歌导师，我是一名艺术学院美术专业的学生。战争期间，贝尔曾是一名意大利前线的士兵，后来又当了几年英语教师。他也是一个逐渐被称为"集团派"的作家团体的主要成员。我没学过O级以上的英语，因感到无知和教育程度低而努力弥补种种不足。有一天，我问贝尔，在学校里教诗歌是什么样子。他的回答成为我自此以后一直锁在心中的东西。他说："诗歌不应在学校教授。它应是一种秘密的颠覆性的快乐。"

这随即引起了我的共鸣，因为它是一种秘密的颠覆性的快乐，我开始爱上了诗歌，在我本应做我的物理作业时读诗。我感受到了快乐原则的力量，它的秘密和颠覆性，它的行为方式，就像"傻瓜"一样，既是意义的腐蚀者，又是意义的确认者。

这并不是给教师们的绝望的忠告：这是对诗歌被审视和呈现的通常方式的批评。且不说这样的问题：**在下面段落中找出五例明喻，并评论它们的恰当性**，以及其他类似的家务式问题，在最具教育意义的诗歌教学方法的中心，那个问题可以概括为：

[①] 马丁·贝尔（Martin Bell, 1918—1978）：英国"集团派"主要诗人。

诗人把四月称为"最残忍的月份"是想表达什么？

一个相当聪明的学生可能会转而去问诗人——在这种情况下的艾略特——用这个短语是否真的有别的意思，为什么他没有那样说，为什么诗人会以这种令人印象深刻的方式来说话？这个问题假设，诗人的意图是要体现一种事先存在的意义，即他（或她）已知道的，并以隐喻、明喻和其他名目的一整套行头来装扮它。

错了。完全错误，而且是致命的错误。

诗人的意图是从某种仍不连贯的、又与一种或一系列经验相关的知觉出发，写可能的最好的诗歌。诗人是认识到语言不是工具而是媒介的人。而且，更重要的是，假设——不得不假设——本能的读者和他一样都明白这一点。诗通过表演一种穿越自身的舞蹈来探索这种媒介。它穿越冰面，在上面开始切割它种种轻盈的图式（patterns），跟随某种可训练的、与方向和运动方式相关的直觉，从舞蹈动作中产生的意义概念，那舞蹈以图式为基础进行一系列即兴表演。这些图式使得诗人在任何时候都有许多看似随意的可能性。但这正是语言的本质：它是语言持续进行的东西。诗人的图式，舞蹈中的盘旋、转动和急驰，就有机会邀请语言的介入：比如，你以"houses"（"房子"）这个词结束一个诗行，你很快就被邀请考虑"trousers"(裤子)或"blouses"(上衣)或几乎所有"carouses"("畅饮")的东西的可能性。

李尔对芮根说：

> 哦，无须理由，最穷的乞丐
> 最贫穷时还有奢侈的东西：
> 不允许超乎自然需要的东西，
> 人命就贱如禽兽：你是个贵夫人；
> 要是温暖可当华丽
> 啊，你就不需华丽的衣物，
> 这些东西几乎不会保暖你。①

"要是温暖可当华丽"，让我们想起了我们的裸体。押韵、诗节、音步和其他这样的显明的奢侈物不只是记忆术，不只是炫耀和哗众取宠的形式：它们提醒我们，新的图式是由意外产生的，而这种意外，就像裸体一样，是我们状态的一部分。这是一场意外，"article"（文章）应该与"particle"（颗粒）押韵，或者与"intellectual"（有才识）和"henpecked you all"（你们全都惧内）押

---

① 见《李尔王》第二幕第四场。芮根（Regan）是李尔王（Lear）的女儿。

韵，拜伦在他伟大的喜剧诗《唐璜》使用了两者①。诗韵更异想天开，它也更有趣、神奇，但任何诗韵都是一种等待发生的意外；任何诗韵都是在冰上一种光的把戏，它把我们的注意力吸引到冰面上。诗韵令人满意，但也是危险的：它们把我们带到无意义的边缘，到薄薄的冰层中最薄的部分；在那里，意向性必须适应这真实的世界；在那里，为了不跌倒你必须不停运动。

冰面并没有被什么特别专家征用。它长长地延伸，没有任何告示说"外人勿入"。单薄是兴奋的一部分，任何所谓的业余爱好者都可能发现自己在上面，表现出某种本能的优雅。你在黑暗的水面上转动和疾驰。你不使用语言：你体验它，一直都知道：你开始时伴随的体验或感觉正等着走出这个奇特的舞蹈，它的真实在于舞蹈而非说明。实际上，这是你对真实的感知。

7

这讲座的冠名者T. S. 艾略特曾经说过，诗歌在他的时代是难解的。我不认为他的意思是说，它必须故意地晦

---

① 上面所引的两例押韵分别见拜伦《唐璜》第十一章第六十小节和第一章第二十二小节。

涩，或只能艰难地解释，像填字游戏那样。我认为他的意思是，生命难解而复杂，诗人被迫观察和理解巨大规模和复杂性的事件，而当他们以此逐渐更多地了解生命的难解时，他们将不得不凭借外在的破碎残片构造出一个整体。难解并非目的：它是条件。

尽管我未受教育，也读书不多，我读了《荒原》，而它令我着迷并说服了我。我不能说出四月为什么就是最残忍的月份，尽管有许多可能的原因，也不能描述记忆和欲望是如何被搅于其中。《荒原》是一系列经验，在这些经验中，破碎残片将自己变成了舞蹈。那里边当然有性爱、不安全感、战争、哀愁、创伤、紫光下婴儿脸的蝙蝠、衰落的城市，还有从水池和枯井中发出的声音，用法语、德语、意大利语和梵语说着某些东西。我从内心深处理解了这首诗，就像我理解那首简单得多、也短得多的佚名诗：

> 西风，你何时吹来，
> 雨水何时，再飘落？
> 基督，我的爱曾在我怀里，
> 而我此时又在床上！①

在某些方面，生命简单，就像雨水和欲望：雾有时

---

① 《西风》（*Westron Wynde*）：一首16世纪早期的英语诗。

是清晰的，而在某些时刻你似乎极其敏锐地洞察。清晰的冰。《西风》关于人类经验：在其中，人们听到欲望和失落的声音在语言中和世界相遇。这首诗是关于语言和难驾驭的世界的一种真理。意向性想要世界如我们的意愿行事，但意向并不如普遍认为的那样相关于世界的本质和我们自己的本性。

8

我已经从优雅、记忆术、力量、奢侈，尤其是真实的角度谈到了形式。我也言及它从意向性中的解放。形式也可以是一种礼节：它是我们走向他人的方式，也是我们自我介绍和向读者致辞的方式。我们不是以礼相待的一代。我们怀疑它们是假的，就像贝多斯的好人，**善良的父亲，最好的朋友**。我们不相信程式和熟悉的短语。然而，矛盾的是，我们是非常注重措辞的人。我们非常关心我们应该如何对少数群体说话，在意别人如何对我们说话。我怀疑，我们在形式方面常常是伪君子。我们在T恤上夸耀我们小心讽刺的礼节：我们的礼仪是口号、品牌名和姿态。

就个人而言，我喜欢韵律、诗节、音步这些诗歌手法。我喜欢它们公开性的礼节，发现它们富于生产性，而它们偶尔卖弄的倾向不能阻止我，我认为这不是虚张声势,而是重要的定位:钢丝的高度,提供或不提供一张安全网,冰的单薄和水的深度。正如弗罗斯特所言,诗歌始于愉悦,终于智慧。游戏、舞蹈、炫耀和奢侈都是快乐的。智慧是对薄冰的理解。

我喜欢诗歌手法,但我不想把它们当成偶像崇拜。我没有抱怨任何形式的实验。事实上,我认为所有的诗歌都是实验性的,或者说它们不是诗歌。顿·帕特森将之称为后现代主义的东西,或者我常常认为是现代主义的延伸的东西,可以是令人兴奋、让人愉快和真实的。我经常喜欢这种作品:在它的一些我难以忍受的宣言中,有着一本正经的、弥赛亚式的、受伤害的和威吓性的庄严。像埃德温·摩根[1]这样的诗人,已故的、天使般的盖尔·特恩布尔[2],羞怯的、自命为1905年的现代主义者的罗伊·费希尔[3],都是合适的祝福和抚慰。

我正在和澳大利亚诗人艾莉森·克罗根[4]讨论祝福和

---

[1] 埃德温·乔治·摩根(Edwin George Morgan, 1920—2010):苏格兰诗人和翻译家,首位格拉斯哥桂冠诗人。他被认为是20世纪最重要的苏格兰诗人之一。
[2] 盖尔·特恩布尔(Gael Turnbull, 1928—2004):苏格兰诗人,英国诗歌复兴的重要先驱。
[3] 罗伊·费希尔(Roy Fisher, 1930—2017):英国诗人和爵士音乐家。
[4] 艾莉森·克罗根(Alison Croggon, 1962—):澳大利亚诗人。

抚慰。这是她所说的，关于提供抚慰的诗歌：

> 我不这么认为。也许是因为它根本就不提供它，而是提供了其他的东西：关于活着的令人难以忍受的矛盾的真相……这是贝克特所能提供的，也许……我还记得，我看了一个叫《残局》的作品并思考，它是什么？它如此凄凉，而你却带着这种轻盈、这种无法解释的快乐走出来——我想，也许是因为你觉得贝克特没有对你说谎。

克罗根谈到的那种令人无法解释的阴冷的快乐，那种轻盈，以及那些难以忍受的矛盾，所有这些都构成了真理，处在整个事业的核心。

乔治·斯坦纳在他1961年首次出版的《悲剧之死》中，引用马克思的话只为了反驳他。

> "必然性，"（马克思）宣称，"只有在被不理解的情况下，才是盲目的。"

斯坦纳相信，悲剧恰恰产生于相反的断言：必然性是盲目的，人与它的遭遇让他丧失了眼睛。他接着认为悲剧已死，因为在悲剧中："复仇的恨意或不公正的神使人高贵",而我们不再有这样的神。这是真实的:我们不再有,但是斯坦纳并没声明我们的经历不能被描述为悲剧,也没说我们不能想象自己处在某种近似悲剧形式的东西的核心。因为,作为个人,我们想象着众神,不断地想象。只是我们意识到,我们中的大多数,大多数时候,都希望独自伴随我们的个人想象。

克罗根谈到了轻盈和无法忍受的矛盾。我们生命中无法容忍的矛盾显而易见,到处都是。黑暗的天空在上边,黑暗的水在下面。我们想要永远活下去,又希望事情终结。我们渴望幸福,但不能永远想象幸福。我们永不安分,又渴望休息。除了我们在休息时,那时休息或许是我们最不想要的东西。我们希望生命可以容忍,但可以容忍的东西使我们厌倦。我们渴望又恐惧。在这方面没什么改变。

戴安娜王妃去世后出现的诗歌,源自一种本能的感受,即认为诗歌是对事件最恰当的回应方式。为什么?谁告诉那些人那是他们应做的?人们可以把这些诗当作是诚心祈求之物:在某些基本的技艺水平上的虔诚供品,为了表明手艺是适当的,外形是合适的。提供它们的人可能会对那些生活在他们想象中的人以及他们自己所认识的人做同样的事情。他们不作曲,也不画画。他们可能不会唱歌或画画,但他们能说话,他们能造句,他们能表达恐惧和渴望。他们之所以创作诗歌,是因为文字是手写的,是因为他们有一定的信心去处理它们。他们想要合拢，而诗歌提供了一种合拢。他们不认为自己是业余的、专业的或学徒的。这里有一些朴素的、有用的短语，他们说：让我们试着把它们粘在一起，以一种可以概括某种东西的方式，以一种甚至可能还会像碑匠刻下的诗句那样持续的方式。如果我们不能拥有不朽的歌，那就让我们至少拥有悲伤的卡拉OK吧。至少我们了解歌是为了什么。

诗歌并不能凭借它所讲述的内容来抚慰：如果它终究有所抚慰，那是它通过创造出绝妙的、希望的，甚至是绝望的语言结构来实现它。我们或许不能为死亡、疾病、损失和痛苦做些事情，但看看：我们可以做到！我们可以创造一个形体：它能吸纳我们，我们可以让我们失去的能量沉于其中。我们可以通过在语言中创造坚实的客观事件来超越个人的悲伤，这些事件首先看起来像是自然的作品。雪莱可能哭泣他跌倒在生命的荆棘上，他流着血，但这不是具体的历史人物雪莱为我们跌倒和流血：这是人类跌倒和流血的能力，在跌倒和流血之外塑造出某种东西的能力，那种东西在语言中呈现为一个形体：弗罗斯特说，一首诗塑造出的形象。溜冰者在冰面上塑造出的形象。

滑冰是轻盈与体重之间的一种无法忍受的矛盾。对一种黑暗的诗歌艺术的诸多参照，我感觉到，未必令人迷惑。写诗一如任何即兴活动，是如此神秘：不多也不少。对世界说，你是一个高级宗教的开启者，或者是一个黑暗仪式的秘密守护者，而它会耸耸肩，将你称为自大的傻瓜，然后继续它的步调。你可以做一个傻瓜，因为每个人都是傻瓜，但你却不能因此而自大。

如果我们用民粹主义来意指卖流质食物给民众时，那我不会支持它。点数座位上的游荡者不会带来持久的价值。有人曾经说过，大多数人并不关心大多数诗歌，因为大多数诗歌并不关心大多数人。我不确定诗歌是否有责任进入人们的生活，轻拍他们的手，告诉他们它了解他们的感受。说到悲剧，最好不要去光顾那些容易激动者。诗歌不是一种社会服务：最接近那种功能的是祷告文或流行歌。诗歌的使命是，就它碰巧处理的东西，尽其所能地说出至善的真实。在那之后，它必须相信读者，并假定读者比诗人所知的更深刻、更陌异、更睿智。

诗歌的大众化是一个会计师和记者的问题。

我相信——我还能做什么？——一首绝妙的诗，无论是七人还是七万人读过，都是一样的。我也相信——而必须相信——诗不仅仅是一个能自我记忆的机器，而且是一种寄居于语言的事物，把它瞬间的光以及它自己的渴望、损失、愉悦和深度的感觉锁入像水晶和扶墙这样的东西中。

诗歌的成就之一是，当我们在它面前时，它有能力让我们信服：语言和经验是一个整体的一部分；以及，回到伊娃·霍夫曼的《迷失在翻译》，能让我们相信：能指和所指是短暂、成功、让人感到安慰地联系在一起的。它并没有告诉我们一切会好起来，也没有告诉我们，在服了诗的药丸后人会感觉好得多。没有保证。不是那种闭合。毕竟，它们只是文字而已。

> 上帝知道词语去何处。
> 尘归尘。
> 诗人喜欢而不信任它们。
> 有人必如此。

正是通过喜欢而不信任词语——就像溜冰者喜欢且不信任他在其上溜冰的薄冰——诗人想方设法创造净化部落语言的感觉，或的确作为某种立法者的感觉，即使这种净化或许只是可能让法令的词语变得更可触摸。峭壁上金属的铿锵声，包含着华兹华斯的激奋与忧郁之间的张力；在菲利帕·皮尔斯小说中所有那种"钟摆不知疲倦的规律性"之后，邂逅伊利大教堂包含了过去和现在不可能的相遇。

当奥登在弥留之际，他接受了罗伯特·凯的采访，并被问到他在读什么。他回答，"哈代。""诗？"凯问道。"不，是小说，"奥登说，"《苔丝和裘德》。""但是你不觉得它们令人抑郁吗？"凯追问他。"不，"奥登回答说，"它们是快乐。"

也许是一种奇怪的快乐。我想，这一定是克罗根所说的那种快乐：**无法解释的、难以承受的、轻盈的**。它是我们在诗歌中无可非议地寻找的那种快乐。死亡和它所有设下的装置在下面等待着，在它上方是薄薄的冰，我们盘旋、转动、疾驰着，舞蹈着，以其疯狂的样式，带着其奢侈物，怀着其秘密的颠覆性的快乐。因为舞蹈并不神秘：因为以其方式来看，它是荒谬的，强迫性的，无法解释但对任何人来说又是可以理解的，而池塘越深，冰层越薄，上方下方越暗，表演就越有强制性，越令人兴奋，越忧郁和越快乐。

西尔泰什：语言冰面上的舞蹈

(译后记)

译完《佩尼希胶卷》这本诗集，不由感慨良多，其中最主要的是一种如释重负之感：终于完成一件艰辛的工作。西尔泰什诗歌多变的语调，对格律和韵式的迷恋，字词频繁的双关义，诗篇的相关背景及知识疑点，给翻译带来莫大的困难——我尽力把握每一个词的内涵及外延，然而暗含的语义仍不时从译文中溜走；我笨拙模仿他华丽的舞步，然而时时大汗淋漓。译完这本诗集后，我发现自己已不知不觉通读了卡内蒂的小说《迷惘》，再次体味了凡高的画及其壮丽又悲痛的一生，观看了关于佩尼希集中营的视频且感受到一种身临历史现场的压抑，学会了国际象棋的行棋规则，领略了电影《闪灵》的惊悚，欣赏了文艺复兴大师蓬托莫画中的风动感，还顺便译了彼得·波特的三首诗。深入西尔泰什的语言内部，字斟句酌的品赏让我感觉似乎理解了他，然而又隐隐约约觉得这种理解仍不充分——果不其然，随后对诗人兼批评家迈克尔·墨菲的书《流放中的诗：W. H. 奥登、约瑟夫·布罗茨基和乔治·西尔泰什》的阅读证实了这种预感。

在看墨菲的书之前，我已读过其他人写西尔泰什的几篇短文，以及他所接受的几篇访谈，然而，墨菲的书还是给我颇大的启示：当我细阅关于西尔泰什的相应分章《一种投射阴影的亮度：照相式记忆和乔治·西尔泰什的诗》时，我意识到，这位我耗费时日盘桓于其诗行间的诗人，仍处于有待发现的过程。墨菲的文章，从照片这一媒介——苏珊·桑塔格所谓的"轻量级便携式博物馆"——出发，检视了西尔泰什包括"摄影诗"在内的一些关于历史记忆的诗歌并揭示其内蕴所在，从而驱散了我由于长久陷于翻译的词语泥淖而对西尔泰什诗歌本身的疲倦感，把我引入他诗歌中的特定地带。而我也从墨菲文中所引的许多诗歌片断中，清晰感受到西尔泰什早期诗那种我颇为喜欢的视觉性和质感，以及他在"摄影诗"中对细微感觉的呈现所暗蕴的、不可磨灭的生命记忆。我意识到：如果从头开始，从西尔泰什第一本诗集开始，精选这位多产的诗人的重要作品，再编译一本《西尔泰什诗选》，中文读者会对这位诗人会有更完善的认识。

当然，《西尔泰什诗选》的理想化设想，很快被对重新开始的艰辛及更麻烦的版权问题的各种预感所击溃。而也正是其不可能，我极想在这篇后记摘引某些出现在墨菲文中、令我心动的西尔泰什诗片断，以暗示一个更丰富的、有着更宽诗歌色谱的西尔泰什形象：

> 这个小团体似乎很自在
> 然而窗帘和散落的玩具证实了真相，
> 以前这是聪明的画家的技巧

它让微光落在每只眼睛和牙齿上。①

这是西尔泰什第一本诗集《倾斜的门》中的《有宠物的群像》的片断，轻松的笔调和清晰的画面，极易让人联想到作者的艺术家身份，而这种对视觉艺术近乎本能的迷恋和娴熟的"艺格敷词"（ekphrasis）技艺，可见于诗集《佩尼希胶卷》中关于凡高、蓬托莫的组诗及《面向历史：战争岁月》等组诗中。

在分章《一种投射阴影的亮度：照相式记忆和乔治·西尔泰什的诗》中，墨菲揭示了在这位诗人的诗歌生涯中，照片和摄影作为历史和记忆的媒介自始至终对他的特殊意义，"西尔泰什1948年出生于布达佩斯，1956年随着那年11月苏联军队的镇压作为难民前往英国，和大约二十万名逃离国家的匈牙利人一道，西尔泰什的家人匆忙收拾行李，带上两个手提箱和一个小盒照片。当他们在12月到达英国时，只有后者留在他们身边。""在西尔泰什的特殊案例中，照片可以被看作是在难民之子的经历与构成流亡者生活的记忆和物品的混合体之间提供了一种联系。更具体地说，正如他所评论的那样，照片对西尔

---

① 转引自Michael Murphy, *Poetry In Exile: A Study Of The Poetry Of W.H. Auden, Joseph Brodsky And George Szirtes*, Greenwich Exchange, 2004, p145.

泰什的意义在于,它让他在个人体验上具有一定的客观性。"①借助墨菲精细的分析,西尔泰什一个关于摄影的组诗——《冬天摄影师》吸引了我,它关于西尔泰什记忆和想象中的布达佩斯,关于作为摄影师的作者母亲(以及其他匿名的摄影师)——在这里,仿佛摄影师把镜头对准了大雪覆盖的城市时所产生的一系列画面:

> 你触摸你的皮肤。还年轻。街上的风
> 吹着寂静的浪。交通变成
> 一堆雪堆。城市闪着光。
> 桥在结冰的河面行军
> 河似乎一直像那样被困住。②

以及:

> ……宝塔,金字庙塔;
> 雪的虚饰建筑。小型的

---

① Michael Murphy, *Poetry In Exile: A Study Of The Poetry Of W.H. Auden, Joseph Brodsky And George Szirtes*, Greenwich Exchange, 2004, p143-144.
② 转引自Michael Murphy, *Poetry In Exile: A Study Of The Poetry Of W.H. Auden, Joseph Brodsky And George Szirtes*, Greenwich Exchange, 2004, p148。

几何图形，汽车更大的
对称性，宝柱的洋葱圆顶，尖顶
在简陋的小亭子上，电线上的钟乳石。①

组诗《冬天摄影师》收在他以此为标题的第四本诗集《冬天摄影师》（1986）中，似乎客观的画面，实际蕴藏着在历史记忆中的生活经验。正如墨菲所分析，"雪的'兜帽'，闪闪发光的天际线和行军的桥梁，暗示城市的军事存在。"②现实的严峻隐藏在寒冷的风景中，而很像诗集《佩尼希胶卷》中的组诗《鸟儿们》，《冬天摄影师》并没直接传达诗中所涉人物的传记信息，但如果读者了解这种信息，在某种程度上可以增进对这组诗的理解。

1984年，西尔泰什返回匈牙利，此时距离1956年已有二十八年。③"1984年之后，我写了大量与匈牙利有关的诗歌。"④ 西尔泰什在一次访谈中说，匈牙利的历史

---

① Michael Murphy, *Poetry In Exile: A Study Of The Poetry Of W.H. Auden, Joseph Brodsky And George Szirtes*, Greenwich Exchange, 2004, p149.
② 同上。
③ 西尔泰什在访谈中说道，他们家人在1968年曾有一次返回匈牙利的短暂旅程，当时因苏联出兵捷克斯洛伐克而匆匆离开。而1984年这次的回返经历对他有着深远的意义。
④ "Hungarian Roots, English Traditions: George Szirtes on Becoming an English Poet" Article in *The New Hungarian Quarterly* 42(164):100-106,December 2001.

往事自此成为他的诗歌的基本素材(《冬天摄影师》正是此类作品中最初的篇章),不仅于此,匈牙利相关的一切(如出生于匈牙利的摄影师、作曲家和物理学家)也通过他找到其在英语诗歌中的位置。也正因此,一种"匈牙利性"逐渐成为他身上最具标志性的东西,并得到诗歌评论界和读者的关注;在关于西尔泰什的分章的开头,墨菲对西尔泰什诗歌对20世纪中欧历史叙事的贡献的描述,对这一类诗的特质的概括,体现了评论界关于西尔泰什的共识:

> 乔治·西尔泰什以他的诗歌见证了20世纪中叶席卷中欧的事件而闻名,他的写作一直触及历史的客观事件如何与私人的记忆材料混杂在一起。他的诗歌在描述与反思之间取得平衡,表现了故事(我们被告知,随后我们再自我告知以解释我们在世界中的存在)与统辖想象领域的重要对象和地方之间的戏剧性张力。①

墨菲的表述,有助于中文读者对这本诗集中的组诗

---

① Michael Murphy, *Poetry In Exile: A Study Of The Poetry Of W.H. Auden, Joseph Brodsky And George Szirtes*, Greenwich Exchange, 2004, p143。

《北方的空气》和《佩尼希胶卷》的了解。在诗集《佩尼希胶卷》中,《北方的空气》的着眼点正是西尔泰什人生中最重大的历史事件——1956年的匈牙利事件;在这组诗,西尔泰什把具体的历史事件和人类离开故土寻找"新地"的普遍现象(某一流亡形式)结合在一起,将把语言的"凝冻"和"解冻"和现实的"凝冻"和"解冻"对应和交融,以描述时间洪流中人类身不由己的命运,并着力还原具体的历史场景及个人的体验,"我听到机枪开火的/噼啪声,炮弹在街上爆炸。我们的床//在我们被隔离的小房间,我兄弟/和我。""但那时我们只是两个小男孩,在/三楼上面,正从猩红热康复。"他提醒同行者不忘死者,"但也有恐怖/与忧郁,因为我们中是谁已忘记//我们长久保存且在旅途中/运送的死者……"他的哀悼中含着自我勉励,"我们得学会没有寓言和编码地说话。/我们得设法理解意外的解冻。"在这组诗中,形式的节制和感情的深沉,让西尔泰什式的"诗的见证"有出色的表现,然而"那个最奇异的名词"没有直接地说出:

  ……
  在那里,一种新语言正被发明出,
  新的"啊"和悲痛的"噢",新的音节模式

从中生长出,流放那个气味独特的
抽象词,失败和怨恨那发酸的
形容词,永远的失败和怨恨,以及所有中

那个最奇异的名词,一种又苦又甜的
显现,在荣耀和胜利间的某处,荣耀
和胜利显现在一座已倒下的

雕像的巨足上,显现在它倒下的记忆中……

  在组诗《北方的空气》中,可看到西尔泰什对形式的追求,对押韵的偏爱;四首诗中六行诗和三行诗体交替使用,前者宜于一种语调沉静的历史叙事,而后者特殊的锁甲韵式给历史叙事赋予一种庄重悲怆的效果——而这种效果也可见于《佩尼希胶卷》。
  作为一个题材极为多样化的诗人,他的一本诗集的短评所称的"四季宜人的诗人",在诗集《佩尼希胶卷》中,西尔泰什的诗歌风格和形式同样纷繁多样,读完这部诗集的读者会清晰记得他多变的语调和色彩——着眼20世纪30年代混乱世界的组诗《燃烧之书》的风暴和呼喊,《爱德华·霍奇金组诗》月光曲般低徊的咏叹,《合组歌:论跳舞》等六首合组歌华美的旋律和曲调,以及回顾母亲纳粹集中营往事①的组诗《佩尼希胶卷》压抑的黑白色调和喘息声：

有鬼魂，它们知道没有墙壁，火焰
融合烟雾，烟雾飘入云朵，云朵
稀薄成一个蓝色天穹，其唯一的意念

是一个洁净的开端；而后是空无。就这样
始和终。放映已结束。白天的光
出现又消失，稍弱的光的

千支针。今夜星星都出来了。
你听到其呼噜声像一部老式投影仪
咔嗒出图像，一种溅出的黑和白。

《佩尼希胶卷》以三行诗体（terza rima）写成，显示了西尔泰什对这种诗体的偏爱，而其也极为契合这组诗沉

---

① 西尔泰什在他的访谈中，谈到他母亲生前对她的孩子们回避她的集中营经历："我只是在我母亲死后才知道她是犹太人。""我知道她曾被驱逐到集中营，但其他人也被驱逐出境。她从未想过要谈论它；她不想让我们知道。"（"Hungarian Roots, English Traditions: George Szirtes on Becoming an English Poet" Article in The New Hungarian quarterly 42(164):100-106,December 2001.）

重的题材：它庄重的交响令人想起但丁的《神曲》，想起这位意大利诗人的地狱之行。翻译这组诗时，我在网上观看了其短短几分钟的视频，以及在作者博客上母亲当年和美国士兵的合照。真切的历史画面，同组诗的文字力量，给我极强烈的心灵震撼，而我也因无法在中文中重现其浑然一体的形式美感而自责。

西尔泰什对诗歌形式和格律的热爱向来引人注目，除了自由诗，他的形式宝库中有十四行诗（包括双重十四行诗）、三行诗、视觉图式诗、离合诗、合组歌、镜像诗等。在相关文章和访谈中，西尔泰什不时为他的偏好辩护和说明，"明显的奢侈和图式正是舞蹈的核心，是深刻认识我们的纯粹技艺，而别的东西不能……诗歌是一种在语言地板上的舞蹈。它的闭合远非人们想象的那么容易……""它的图式并非约束，而是解放。""韵律是众多形式手段中的一种"[1]，他在艾略特奖获奖辞中明确表达对形式和格律的信念，而这种信念也极易令人想起弗罗斯特、奥登和布罗茨基等人注重诗韵格律的诗人。在诗集《佩尼希胶卷》中，除了前文谈及的三行诗，除了组诗《铅白》中多样化的押韵，组诗《摔跤手约瑟夫·绍博之歌》的三行一韵，合组歌是西尔泰什着意发展起来的繁丽复杂的语言舞蹈：

---

[1] 见本诗集附录西尔泰什：《薄冰与午夜滑冰者》（2004获艾略特奖演讲稿）。

在整本诗集的内容顺序上,西尔泰什有意让六首合组歌分散在诗集中,通过对它们的位置的刻意安排,把整本诗集编织起来。

合组歌以词(及语义)的重复①、联想、折解、伸延、变异和缠绕之美而引人注目,它源自意大利,由五至七个诗节构成,每个诗节七至十二行(结尾诗节五行),以固定的五个词(或音节)作为尾词,交错回环。合组歌受到但丁、彼特拉克、薄伽丘以及英国文艺复兴时期的作家(如斯宾塞)的喜爱和应用,在现当代诗人中,奥登在他的《诗集》(Collected Pomes)中有一首合组歌,西尔泰什的《合组歌:建筑》所题献的美国诗人玛莉琳·黑克(Marilyn Hacker)也有多首合组歌问世,而西尔泰什应当是当代诗人中写合组歌最多的一个(除了本诗集的合组歌,他另外的合组歌收在其他诗集中)。在诗集《佩尼希胶卷》中,西尔泰什六首合组歌构成一道奇异的风景,集中体现着他"明显的奢侈和图式正是舞蹈的核心"的信念,而也在这种语言狂欢中,他踩着轻逸的舞步:《合组歌:建筑》和《合组歌:论跳舞》均是对艺术(艺术家)或诗(诗人)的沉思,几乎是一篇艺术理论的论文;《合组歌:门口的人》表现对某个生活场景或某个问题的顿悟

---

① 西尔泰什在《合组歌:一月的电影》中说出词的"重复"的意义:"它只有借助重复//才获取重量。"

并测试这种顿悟的表达能力；《合组歌：补偿》蕴含着对历史的关切；而《合组歌：一月的电影》和《合组歌：纪念华盛顿州立大学》则侧重于细微感觉的探幽，前者对模糊的光线、纤弱的心境有着最为微妙的玩味，后者可谓一首"早晨颂歌"，既包含对"早晨"的期待，同时又清醒地暗示：体现世界的美妙、生机和生意盎然的"早晨"，同样也是死亡、战火和历史的进程。

在当代英语诗歌中，西尔泰什的"活力，极度兴奋的想象力，以及令人印象深刻的写作速度"[1]（埃里克·肯尼迪语）向来为人所知，而在诗集《佩尼希胶卷》中，读者同样可看到这种写作的活力和速度：大型或小型的组诗形式，构成这本诗集的基本样态，极易让人想起古希腊的方阵兵团（偶尔几首单独的诗倒像是游兵散勇在单打独斗，表达作者对时间、风景和死亡似乎"即兴式"的冥思）——技艺娴熟的组诗《鸟儿们》即是他又一个方阵，是他熟稔的三行诗体又一次隆重登场：十首诗以作者妻子的成长经历作为参照对象，却又带着某种"非个人性"，着力追踪着一个普通小孩成长经历的普遍性，并以此一窥历史与时间的秘密。

翻译组诗《鸟儿们》对我来说是一次愉悦的语言体验，

---

[1] Erik Kennedy, "Bad Machine by George Szirtes", See http://therumpus.net/2013/09/bad-machine-by-george-szirtes/.

我似乎在几首诗中捕捉到它们的节奏和语调:《从前……》《……从前》《鸟儿们》《白噪音》等诗独特的视角、轻捷的语调和情境交融的画面,让我欲罢不能;而《运送孩子》尤其令我喜欢。《运送孩子》原诗题目"Kindertransport"(德语),意指二战前夕和期间把犹太儿童从德国和奥地利等地输送到英国等地的救援行动,诗中强烈的画面感令人如临其境,一些细节或因吸收作者真切的生命经历(当他八岁时也跟随父母流亡)而犹为生动[①]:

  作为孩子,当他们凝静你移动着,离奇有趣,
  能适应,好奇,携带你小小的

  责任的负载。女孩和男孩。微弱的
  性别线暂时地洗掉,在离别的匆忙中,
  没有一句抱怨之言,在

  飘送你前行的巨风中。

[①] 据西尔泰什给译者的信:这首诗的某些形象参照了他的妻子,然而她并没那种被纳粹迫害的可怕经历,但小时候也被"运送"。她1949年出生在中国。她的传教士家庭于1951年离开中国。他们从西昌乘轿、骑马和乘船到香港。《运送孩子》没有这样的传记信息,而指向任何一个孩子的成长过程。

而这首诗也因其隐含犹太人及其他苦难民族的家国之痛，而让其本身具有一种奇特的史诗品格：

……外人的帝国崛起

宛如众塔，成千上万的人散落在路上。

这首诗结尾处的"一绺绺的头发"暗示着这些逃亡的孩子的父母、亲人和同胞在集中营中的悲惨命运（这也是作者母亲的遭遇，她幸存下来，而她的母亲和兄弟则死于奥斯维辛集中营）。对我来说，翻译这首诗因融合着我自身的体验而让这种翻译成为一种奇妙的过程：我未满周岁的小女儿在家里四处爬走（契合于这首诗的开头"作为孩子，你缓慢移动于广袤的/厨房地板，几乎无边的院子……"），同时新闻报道中一些逃亡到欧洲的难民们的场景呈现在眼前，尤其是那个跟随父母逃难而伏尸在土耳其海滩的叙利亚小男孩的画面（"当恐惧强大的凝聚力/把时钟抓在一起，被转移者//在一个小角落或厢体中？"）——人类持续的苦难和希望通过一首诗交汇在一起。

在西尔泰什许多诗中，人们极易忆起海伦·文德勒在评论希尼时所称的"见证的迫切性"和"愉悦的迫切性"之间的"徘徊"及所带来的张力（这种性质除了可见于俄罗斯、爱尔兰和东欧诗人,也常见中欧及其他地区的诗人,就像塞尔维亚诗人查尔斯·西密克〔Charles Simic〕)。而在诗集《燃烧之书》中,西尔泰什对历史和现实的关注还表现作为诗集标题的组诗《燃烧之书》和关于摄影的组诗《面向历史:战争岁月》中。前者聚焦于第二次世界大战前夕的30年代,借助于卡内蒂小说的人物和氛围,组诗中的十四首诗给人产生一种旋风的感觉,呈现世界的残酷和人类秩序的崩溃,"听,他们追着你,他们已破碎为一次奔跑,/疾风用手抓住他们,太阳直射他们的骨头。""它们将撕碎这些书,/每本书的呼吸在一股热流中自胸膛升起,/其思想变黑,卷成一种被遗忘的语言,为/烟与灰烬所有,烟与灰烬甚至此刻还在城市上空升起,"相比之下,后者——关于摄影的组诗《面向历史:战争岁月》则显得从容优雅,这组有着深切人道关怀的诗,轻捷地踏在西尔泰什之前的《冬天摄影师》《给安德烈·柯特兹》和《给黛安·阿勃丝》等组诗开辟的路径。而正因为墨菲文中对西尔泰什"摄影诗"的精到分析,我不禁把这组诗的某些诗(如《米哈伊洛夫:无题》《亨利克·罗斯:犹太区的孩子》)和墨菲文中所引用的一些诗片断,如以下关于阿勃丝(她以拍摄边缘人和底层人而著名)的诗节,比照阅读:

> ……有一种放纵在问,
> 我能和你一起回家吗?
>
> 就像一个被良好教育的女孩,就像她,以一种方式,
> 似乎信任每个人,只是有点疯狂,
> 只是足够有魅力,在幻想
> 和背叛之间行走,而把它作为一种职业。[1]

在这里,突如其来的提问给人一种猝不及防的感觉,从而让诗进入一个奇异的境地。西尔泰什有时正是凭借这种直接的诗句,离开那些盘曲幽深的小道。

"自1984年以来,我经常有一种奇怪的经历,在英国的诗歌朗诵中被介绍为匈牙利诗人,尽管我从未以匈牙利语写作。这意味着我在任何情况下都不被认为是完全的英语诗人。"[2]西尔泰什在他访谈中这样说,为此他清楚地表示"我很自然地用英语写作,我的诗大部分都是由英

---

[1] 转引自"Michael Murphy, *Poetry In Exile: A Study Of The Poetry Of W.H. Auden, Joseph Brodsky And George Szirtes*, Greenwich Exchange, 2004, p175"。

[2] "Hungarian Roots, English Traditions: George Szirtes on Becoming an English Poet." See *The New Hungarian quarterly* 42(164):100–106, December 2001.

语诗歌传统所决定的。"①——确实,如果检视他的诗,可知他与奥登、艾略特、"运动派"和"集团派"诗人,与同时代的马丁·贝尔(Martin Bell)、彼得·斯卡法姆(Peter Scupham)和彼得·波特(Peter Porter)等诗人的关联。然而,不管西尔泰什如何声明,在大多数人眼中,他已紧紧与匈牙利的文学和历史联系在一起,除了他自身的诗歌写作,这也表现在他对匈牙利伟大作品的杰出翻译上——其包括对马洛伊·山多尔②和拉斯洛·卡撒兹纳霍凯③等众多小说家的翻译,也包括对20世纪匈牙利重要的诗人,如阿提拉·尤若夫(Attila József)、米克洛斯·罗诺提(Miklós Radnóti)、德索·科什托兰伊(Dezs·Kosztolányi)和奥托·欧尔班(Otto Orban)的翻译(他于1996年出版的《牙齿的柱廊:二十世纪匈牙利诗歌》得

---

① "Hungarian Roots, English Traditions: George Szirtes on Becoming an English Poet." See *The New Hungarian quarterly* 42(164):100-106, December 2001.
② 马洛伊·山多尔(Márai Sándor, 1900-1989):匈牙利小说家,诗人,其作品有《伪装成独白的爱情》《烛烬》等。西尔泰什翻译了他的《反叛者》等四部小说。
③ 拉斯洛·卡撒兹纳霍凯(Laszlo Krasznahorkai, 1954—):匈牙利小说家、编剧,其小说以反乌托邦和忧郁主题闻名。他的几个作品(包括《撒旦探戈》,西尔泰什译了这部小说并由此获得2013年美国最佳翻译奖和2015年布克翻译奖)。被塔尔·贝拉拍成电影。

到了世界各地评论家的好评）。而这种翻译，与他自己那些有某种"匈牙利性"的诗一起，更加固他在世人眼中作为"匈牙利诗人"的形象（即使他没用匈牙利语写作）：

废弃的街道
布满了盲目的房子，
破碎的窗是眼睛。

当盲目的窗
睁开它们的眼睛，它们会看到。
它们的神祇会倾听。

这里有高高的山墙。
天使们来了，所有的眼睛、
耳朵和喇叭出现。

盲目者将睁开
眼睛，哑巴者将言说，
号角宣告。

天使们降落了。
看那空荡的空间。

看到吗，他们在集结。

在那光秃秃的街道
出现了它们一直
藏匿的单薄天使。

他巨大的翅膀
从两边伸展
投下庞大的阴影。

这是我们生活之处，
街道声明。这些悲伤的墙
是我们的一种防御。

没有一个小时
没有天使。他们成为
街道呼出之物。

这是我们生活之处：
在街上的呼吸中，
在号角中。①

---

① George Szirtes, "On Angels", See George Szirtes, *Mapping the Delta,* Bloodaxe Books Ltd, 2016.